惠水 金允煥 詩文集

미완성의 餘韻

미완성의 餘韻

초판 1쇄 인쇄 2011년 5월 15일
초판 1쇄 발행 2011년 5월 20일

지은이 김윤환 | **펴낸이** 이방원

편집 김명희 · 안효희 · 김민수 | **디자인** 황은경 | **마케팅** 최성수

펴낸곳 세창미디어 | **출판신고** 1998년 1월 12일 제300-1998-3호

주소 120-050 서울시 서대문구 냉천동 182 냉천빌딩 4층

전화 723-8660 | **팩스** 720-4579

이메일 sc1992@empal.com

홈페이지 http://www.scpc.co.kr

ISBN 978-89-5586-129-7 03810

ⓒ김윤환, 2011

값 12,000원

잘못 만들어진 책은 바꾸어 드립니다.

미완성의 餘韻 : 惠水 金允煥 詩文集 / 김윤환

— 서울 : 세창미디어, 2011
   p. ;   cm

ISBN 978-89-5586-129-7 03810 : ₩12,000

시문집[詩文集]

811.7-KDC5
895.715-DDC21   CIP2011001936

惠水 金允 煥 詩文集

미완성의 餘韻

세창미디어

아버님 시문집을 발간하며

금년은 아버님(혜수 김윤환)이 돌아가신 지 벌써 만 10년을 바라보는 해입니다.

그동안 장남인 저를 포함하여 형제자매들의 가슴 속에는 아버님 생전에 그토록 소원하시던 시문집을 발간하는 일이 무거운 돌덩이처럼 미완의 숙제로 남아 있었습니다. 그리하여 지난 해에 아버님 10주기가 되는 2012년 이전에 문집을 펴내기로 형제자매들과 뜻을 모은 후, 다소 늦었지만 아버님께서 200자 원고지에 손수 육필로 남겨 편집해 놓은 유고집 『미완성의 여운』을 마침내 상재(上梓)하게 되었습니다.

자식들이 평소에 느끼고 바라본 아버님은 당대 기준으로 높은 학력과 지식을 겸비하였음에도 불구하고 출세나 명리에 뜻을 두지 아니하셨습니다. 심지어 그 성품에 있어서도 강직함과 고고함과 의연함을 두루 갖추서서, 타인의 눈에는 자칫 처자식 고생시키는 사람으로 오해를 살 법한 분이셨습니다. 그러나 아버님이 남기신 시문집의 곳곳에서 어머님과 자식들에 대한 뜨겁고도 진정한 사랑을 확인하고 만날 수 있게 된 것은 자식들로서는 정말 큰 기쁨이 아닐 수 없습니다.

아버님은 1949년 10월 일신고녀(현 진주여고)를 나온 밀양 출신 엘리트 여성(교사)인 저희들 어머님 정현애(1928~2006) 여사와 혼인하여 슬하에 3남 2녀를 두셨습니다. 아버님이 쉰여섯 되신 해에 다 장성한 둘째아들 지영(1953~1980)을 먼저 보낸 부모님의 상심은 지금까지도 채울 길이 없지만, 이제 남은 2남 2녀와 그 가족들은 아버님의 유고집 『미완성의 여운』을 통하여 남기고자 했던 소중한 가르침과 글 속의 정신을 깊이 새겨 길이 후손들에게 전승되도록 노력할 것을 다짐하면서, 자식들과 손자녀들의 이름을 아래에 부기(附記)하겠습니다.

이번에 저희 아버님 시문집의 출판을 쾌히 허락하시고 많은 한자와 알아보기 힘든 원고들을 세심하게 살펴 훌륭한 책으로 만들어주신 세창출판사 이방원 사장님께 감사드립니다. 아버님의 육필원고를 꼼꼼히 교열해 주시고 발문까지 집필해 주신 큰 매제 이전희의 친구인 시인 정봉렬 박사님께도 가족을 대표하여 깊이 감사드립니다.

2011년 3월
고애자 지창 삼가 올림

■ ■ 혜수 김윤환 선생 가족 명단 ■ ■

- 아들 : 김지창, 김지석
- 딸 : 김선미, 김계명
- 자부 : 김상숙, 백미희
- 사위 : 이전희, 박석윤
- 손자녀 : 김효진, 김유진, 김우용, 김주용
- 외손자녀 : 이두리, 이유리, 이승리, 박성희, 박찬호

과감한 外面

이젠 겨우
한 달 반치 가량만 살아남은
우중충한 달력 종이가 길 건너
플라타나스에 매달린
老醜의 서글픔을
억지로 외면케 하는
立冬날 下午

제1부 詩

愛憎의 書

지난해
일부러 외면해 버린
老醜 그 몰골이었는데

오늘,
이 눈부시게 싱그러운 그대
신록이여,
멋진 변신이어라.

혼탁한 공기
병든 흙바탕에서
어찌하여 이다지도 푸르른가
무슨 재주로 생기 펄펄 넘치는가.

바보스런 내 물음에
길 건너 플라타나스여
행여 비웃지나 말아 주겠나?

사랑과 미움
그건 한 몸뚱이에 달린

그 손의 바닥과 등.

모두가 알뜰한 관심에다
고이 바치는 순정으로
만유인력처럼
말없이 서로 당기는
고독한 힘인데

사랑이여 미움이여
아름다워라
안타까워라
아, 애닯아라.

(1995. 7)

개구리의 膳物

― 환희의 합창

경칩이 지난 후
비정한 자들이
개발이란 미명 아래
무참히 파헤친
마을 뒷산의 상처가 애처로워
돌가루 발린 산길일망정
밟고 싶어 오르다가
못생긴 돌멩이 하나
내 숨소리에 놀라
펄쩍 뛰어 선잠 깨는
아 이 녀석, 개구리가 아닌가.

돌아오는 길에
천만 뜻밖에도
등 뒤 무논에서 울려 터지는
환희의 대합창
베토벤의 합창교향곡에 버금가는
아 개구리의 선물이어라

나는 이제 외롭지 않다네.

(1995. 3. 11, 나뭇골에서)

과감한 外面

이젠 겨우
한 달 반치 가량만 살아남은
우중충한 달력 종이가
길 건너
플라타나스에 매달린
老醜의 서글픔을
억지로 외면케 하는
立冬날 下午.

삶의 허무와 焦燥를 재촉하는
秒針의 울림이 얄밉다가도
날로 왕성해지는
똘똘이의 식욕과 똥줄기가 탐스러워
함께 부푸는 내 꿈이
달력에 담긴 허무 쯤이야
과감한 無視로
훨훨 털어버린다.

(1990. 11. 8, 立冬날)

*생후 서너 달 된 강아지의 재롱으로 삶의 초조를 달래며 다시 또 내
　일을 꿈꾸며 산다.

夕陽에 紅葉처럼

忘却의 피안으로 사라져 간
아련한 그리움 나의 불씨여
이제사 되살아나
내 마음 燈心에 불붙었는가.

세월의 수레바퀴는 구르고 굴러
그대와 나
하 많은 고비 고비 넘어 왔구려.

손에 닿을 듯한 산마루가
가쁜 숨통을 가로막아도
우리는 삶의 殘燈이 꺼지기 전에
심지를 다시 돋워
어둠의 장막 속을 밝혀야 한다.

그렇다.
석양에 붉게 타는 홍엽처럼
生의 眞味가 무르익는 곳
밝혀진 등불 곁으로 찾아가잔다.

(1994. 4. 2, 머릿골에서)

運命

지금 이 순간에도
운명의 여신 세 자매는
저 파란 하늘에서 미소 짓는가.

언니 클로토가 고이 짠 청홍실을
동생 아트로포스는 이걸 받아
선남선녀를 잘 골라서
만남의 緣을 띄운다는데….

그 실오라기를 우리가
붙잡고 매달리는 삶의 곡예를
어이 남의 장단에만 맡길소냐.

우주의 한복판 어디서나
막내 동생 라케시스가 밝은 빛으로
언제나 지켜보고 있을 터인데.

(1994. 孟秋, 廣州 나뭇골에서)

소녀의 기도

창 너머에
가랑잎이 몇 개 매달린
야윈 나뭇가지여
거기에다
라디오가 흘리는
소녀의 기도마저
왜 나를 울리나

내가 타고 가는 시간이라는 배는
그리움만 실어도 만원인데
또 무엇을 실어야 하나.

하나씩 둘씩 가랑잎으로
날려 보내야겠구나.

(1995. 11, 나뭇골에서)

晩秋에 다짐하다

그렇게도 싱싱하던 푸르던 나뭇잎이
계절의 숨바꼭질에 화답하듯
이젠 가랑잎으로 빛 바래어 가는데
내 마음에 매달린 홍엽이야
마지막 하나마저 끝내 빛날
낙조의 황홀.

하늘의 참뜻이 석양의 殘光이라면
그대의 참 멋은 시심 촉촉한
異株花의 순정.

아, 나 또한
이 목숨 다하도록 사랑하다가
낙조의 황홀경에 취한 그대로
푸른 별 아래 고이 잠들리라.

(1994. 10. 14)

微笑 머금은 비가 내리네

태양이
춘분점을 막 넘어 선 첫 새벽에
아 고마워라
미소 머금은 비가 내리네.

산과 들을 어루만지고
풋나무를 달래며
포근한 속삭임으로 아침을 열어주네.

창 너머에 머문 내 마음도 촉촉이 젖어
아스라한 그리움의 구비 구비를
뒤돌아 뒤돌아보고
비안개 사이사이로 그대를 부른다네.

(甲戌 春分)

나의 詩心

너의 詩心이란
도대체 뭐냐고 따질라치면
그건
지킬과 하이드 박사의 숨바꼭질 아니냐고
웃어넘기리다.

그런데
그 詩情의 숨바꼭질은 또 뭐냐고
비웃는다면
샛별 섞어 들이마신 찬 김과 이슬이 측간에서
허파와 염통을 거쳐
六腑를 한 바퀴 훑어 스치는 동안에 괬을 게고

그리고 그것이
잘 삭아서
똥구멍 밖으로 내리 떨어지는 후련한 똥줄기라면

우리 할배가 일찍이 떨어뜨려셨을 그 똥망울 출렁이는 음향이
이제 와서, 이 순간에사
내 엉덩이에 와 닿는 감격이라고

나는 또 한번
하늘 보고
황소처럼 웃어 넘기리다.

(어느 젊은 계절에)

막내둥이가 새 살림 차리러 가네

雨水를 앞둔 맑고 보드라운 아침
작업복 차림의 원앙이
발걸음도 가벼이 일터로 가네
새 살림 차리러 총총히 가네.

소꿉놀이감 같은 생활용품
희망의 속삭임과 함께
오밀조밀 가득 실은
화물차 운전석으로부터
드디어 열리는구나
너희들 삶의 南門이여.

지금 여기
모란 고개를 넘어가는 먼 앞길은
온갖 오물 섞인 험로지만
삶의 목적이
사랑으로 슬기로이 창조하는 길일 바에사
址石아
웃음 지으며 땀 흘리는
너희들 맨손 앞엔

초원도 빛과 생기로 영원할 거야.

잠시 지난 날로 되돌아 간
내 망막에는
존 러스킨의 삽과 곡괭이를 빌어 싣고
털털거리는 화물차 운전석에서
너희 어머니와 헤아려 본
사십여 년전 신혼길
가로수의 싱그러움이
아직도 생생하게 떠오르는구나.

(1989. 2. 12, 성남 모란고개에서)

사랑이란

思春의 내 파아랗던 새싹이
어느 새
이 늦가을에 퇴색하는
들국화의 몸부림마냥
애절하구나.

하지만 사랑이란
그대와 나의 삶을
언제까지나 고이고이 물들이며
소중히 소중히 간직하려고
알뜰히도 가꾸며 사는
내 마음 꽃밭이라면

세월의 숨바꼭질이
갈수록 야속한 언덕에서도
사랑한다는 그 한 마음
낙조의 잔광처럼
아련히 불타며 영원하리라.

(1985. 10. 1 ~ 1987. 3. 18)

사랑이란

낙엽과 어린이

― 구멍가게 철학

차라리 된서리 맞고 그만 나둥거라지거나
雪寒風에 휘말려 짓밟히는 몰골보다는
내내 푸름을 간직한 채
흙이 되고파서
애써 매달려 하늘거리는
버들잎의 순정이여 애닯아라.

하기사 그다지도 알뜰히 간직하고픈 꿈이건만
끝내 흙내음 하나 찾을 수 없는
페이브먼트 胎生을 自嘲하면서도
듬직한 뿌리에의 한 줄기 자랑 때문에
춤추며 날아든 할매집 구멍가게였노라.

날씨는 갈수록 더 차지기 마련인 걸
그래도 걸음마 익힌 아가의 따스한 삶의 환희가 번져
고사리손에 쥐어진 동전마저
달콤한 그 체온에 담뿍 젖는 정황이 좋아
낙엽의 방황도 잠시 나래쉼 하는
할매집 구멍가게여 정다워라.

(1983. 11. 28)

＊경기도 성남 모란고개에서 아내와 함께 구멍가게를 할 때 가게에 날아든 한 떨기 낙엽과 사탕 사러 들어온 어린이를 보고 문득… .

빨 래

― 두 어머니

伏날 더위를 이기려고
구멍가게 장사 틈틈이
남 몰래 속옷을 삶는다.

보골보골 끓는 비누거품 사이로
문득 두 어머니 얼굴이 떠올라
시큰한 콧잔등을 문지르며
멀리 솜구름을 찾아보았다오.

어릴 적엔
볏짚 잿물로 빨래 삶는 큰어매 정성으로 눈길이 끌렸고
나이 들어서는 양잿물로 내복 삶는 어머니 모습을 눈여겨봤는데

지금 내가 헹군 속옷들이
그래도 제법 칼클하기에
다시 한 번 솜구름을 찾다가
난 그만 눈물을 떨구었다오.

(1985. 8, 성남 모란고개에서)

아 내

— 夫婦哲學

부르면 화답하기에
두 삶은
팥 시루떡처럼 더운 김이 서렸고
잡아당기면
끈질기게 달라붙는 찰짐 때문에
콩고물로 버무린
찹살떡 궁합.

비록
가냘픈 청실 홍실로 내어 디딘
생의 절벽이었지만
서로 끌고 밀면서 벼른 등반이기에
두 가닥 실오라기는
뚝심 센 밧줄로 꼬였기 마련.

본래 한 몸으로 점지 받은 생명이여
과욕의 업보로 分身돼
億萬劫 방황이란 속죄 끝에
간신히 서로
윤회란 수레바퀴.

사랑과 미움은 苦樂의 양념이요
父祖의 얼과 핏줄로 자양분 삼아
정성으로 흘린 땀방울 진주로 엉겼으니

아내여
우리는 이제
저 하늘과 땅이 입 맞추는 곳
영원의 소리 듣는 조개껍질 속에서
고이고이 살리라
하나로 살자우요.

(乙丑年 二月, 回甲을 맞아)

便所, 一名 厠間

— 人間回歸

언제부턴가 나는
새벽마다 조용히
변소 찾는 게
버릇 아닌 즐거움이 되고 말았다.

크게나 작게나
똥구멍의 開閉運動이 끝나고 나면
생존의 재확인은 물론
人間回歸라는 기쁨이 섞인
시원한 한숨이 터진다.

사람이 가장 인간답게 돌아갈 수 있는 곳
맛 좋다고들 씹어 삼킨 것들을
후련히 훑어 내고는
어깨의 여러 짐마저
잠시라도 풀 수 있는 곳.

이 그래서 나는
고향처럼
우리 뒷간을 아끼며 산다.

아 부 지

아부지----
이 한마디만 떠올라도
오늘따라 왜 이리도
눈시울이 뜨거워지는지요.

다시 이 한마디가
입 밖으로 새어나온다면
이내 코눈물이 쏟아질 것을
억제하며 저는 지금
고향땅에 발바닥을 대었습니다.

오늘은 乙丑年 늦가을
서리가 내리는 날
티 하나 없이 맑은 하늘에
해님이 유난히도 정다운 날씹니다.

素月의 청순한 말 그대로
내 살던 그 집 앞을 지나노라면
아부지 손길 닿은 울타리 안에

늙은 감나무는 몇 알의 열매를 달고
변함없이 저를 반기며
야윈 가지를 가벼이 흔들더군요.

저의 나이 벌써 만 육십
명색이 환갑이라고들 하지만
다시 한 번 태어났다고 믿는 저는
색동저고리에 연분홍 바지 입고
아부지 앞에서
춤추며 노래하고파서
옛집 앞을 맴돌고 맴돌았답니다.
아부지-----
사람은 과연
커다란 슬픔과 자그마한 위로의 말로 살아가는 걸까요?

불러도 대답 없는 당신이건만
어디선가 들려오는 말씀 있기에
오늘 하루의 뜻있음이
진일보의 삶이라 되새기면서

저도 갑니다.
가까이 가렵니다.

(1985. 11, 늦가을)

＊어느새 환갑나이인가 생각하니 몸부림 나게 아버지가 그립고 보고
파서, 단숨에 고향땅을 찾았답니다.

어깨동무

창공이 환하게 웃음 짓는 날
그것도 초가을에
성남에서도 望京庵에 올라서면
白雲 仁壽 道峰들의 준봉이
어깨동무도 다정히 나를 반기네.

본디
겨레의 핏줄로 뜨거웠던 어깨동무
화합과 우애로 서로 돕던 어깨동무
억센 팔뚝과 가냘픈 강강술래가 모두
나라의 방패였던 그 어깨동무
아, 얼마나 든든하고 신나는 자태였던고.....

白頭大幹이
두 동강 난 서러운 이 땅에도
보라
온 인류의 어깨동무
五輪의 깃발 나부끼고
聖火의 축복 받는
이 서울 하늘 아래

美와 민족의 祭典 펼치기
한 달 앞 둔 배달겨레여.
아 얼마나 가슴 설레는 기다림이었던고.

하염없이 바라보며 꿈꾸던
白雲 仁壽와의 한 나절이
어느새
저녁노을 벗 삼고 뒹굴던
어린 날의 옛 동산으로 날아갔더라.

(1988. 8. 13, 末伏, 올림픽을 기다리며)

다시 사는 길

색동 무지개와 더불어
靑壯의 꿈은 멀리 가버렸고
흰 수염에 주름살이 무상을 재촉하는
텅 빈 입속에
그래도
하얀 깃발 줄지어 서게 된 얼굴에
환한 웃음 띄우며
다시 사는 걸음마를
하나 둘 익혀 본다.

점지 받은 삶의 허송이
이빨 한 개의 고독처럼
쓰라린 회한으로 사무친 입속에
그래도
우리 아버지 사랑 넘겨 이은
내 아들 효성 새기며
가지런한 이빨 다물고
다시 사는 의지를
하나 둘 삼켜 본다.

아, 그렇다.

이젠

天聲 地語 향해

두 귀 구멍 활짝 열고

효진의 맑은 눈망울

내 외길의 등불로 삼아

다시 사는 깨달음

하나 둘 밝혀 본다.

*내 아들 垈름이가 애써 마련해 준 義齒를 깨물면서 회갑을 넘기고.

미완성의 餘韻

내 사랑 꽃망울인 채
시들고 말 듯이
吾道여 晚鐘과 더불어
여기 미완성이노라.

귓전에 따가운 비웃음에
六腑가 뒤틀렸지만
필경 미완성이야
낭만과 순수의 菩提
영원한 생명의 여운이어라.

삶이란 나에게는
겨울 나그네의 고달픈 고갯길일망정
꿈은 心地에서 명멸하는 불마냥 아련히 빛나서
해 저문 모래밭에 물새 발자국 찾아 헤맨다네.

운명의 심술은 짓궂기 마련인가
보살피고 감싸 안아도 지워지고 말아버릴
약속의 갯가에서
나는 자꾸

미완성의 餘韻을 더듬는다
어루만져도 본다.

혼자 걷는다

이거 저거 멍하니 두리번거리다가
어느 새 고운 생각이 고개를 들어
숨어버렸던 자기를 찾아내어
뭔가에 곰곰이 골똘하면서 간다.

외롭고 쓸쓸함을 견디다 못해
더러는 사람들 사이로 끼어들지만
그래도 나 혼자가 좋아지면
내 마음 고요히 달래며 간다.

아무리 어제 오늘이 바뀌어도 나는
삶, 그게 다할 때까진
그리움을 좇아서 혼자 걷는다.

(乙巳年, 1989. 3. 4, 驚蟄을 앞두고)

生 氣

— 苦의 해탈과 삶에의 의지

병아리 다리만한 것이
겨우내 추위를 견디는 게
그리도 애처로웠는데
그 映山紅 가지에서
오늘 경칩 날에사
파릇하구나
새싹이 터지고 있네.

놀란 가슴이 고마움으로 이어지는
生의 고비에서
나는
하늘 한 번, 너 한 번
번갈아 쳐다보며
삶의 한숨을
길게 품어대 본다.

(1987. 2. 6, 驚蟄)

그리움

그리움이라는 우리말의 뉘앙스가
하도 좋아서
붓글씨로 풀어 쓴 모양새가
그윽할 거라고 생각하다가
나는 그만
그 그리움에 안겨 버린다.

비바람에 외로운
어머님 묘비의 차가움이
내 보잘것없는 삶의 자취에 얼룩진
불효함을 꾸짖지도 않고
되려, 등골 마디마디에 스며드는 아, 따스한 그 체온
돌아보는 그리움의 고운 샘이여.

첫 새벽에
샛별에 윙크하며 들이키는
바라보는 그리움 또한
염통 깊숙이 산뜻하구나.

그래서 삶이란

돌아보는 그리움과 바라보는 그리움을 안고 걸어가는 길
끊임없이 이어지는 바로 그 길이다.

조으름
— 존재의 근원

양지 바른

내 공간에 다가온

포근함에 안기어

조으름이란 공염불과 더불어

내 기분은 잠시

삶도 죽음도 아닌

가느다란 生死 바깥에 머문다.

겨우내 즐겨 온

이 좁다란 환경에서

오늘 또다시

봄의 입김 깊숙이 들이마시며

前意識의 세계인지

인간존재의 근원인지

나도 모를

이 충족된 한때를

아련한 기분에 의지한 채

자그마한 영원으로 잠기어 든다.

일흔 번째의 설날에

또 어김없이 돌아온 설날
오늘, 이 乙亥의 아침에는
어쩔 수 없이 주어진
古稀라는 別號가
내 고요한 마음의 호수에
하얀 파문을 그린다.

정다웠던 모든 것이
하나 둘 해돋이처럼 되살아 나온다
지난날의 상실감이,
사랑과 눈물을 치렀던 대상들이,
그 사람들의 얼굴이----

내 품에 안겨
내 가슴이 따갑도록
마구 만지고 응석부리는 걸
아, 이게
행복인가 서글픔인가
삶의 길목이 주는 선물인가.

그리움의 引力이 아무리 강해도
흐르는 세월의 물거품 같아
마음의 먹구름아 날아가라고
드높은 天心 따라서
번뇌 따윈 날려 버렸다네.

(1995년 설날)

삶

티 없이 맑은 가을 하늘 아래서
문득, 흔들리는 낙엽에 놀라
삶이라는 우리말의
오묘한 맛에 취해 든다.

"ㅅ"은 하늘의 덮임이오
"ㅏ"는 空間이며
"ㄹ"이 흐르는 물이라면
"ㅁ"은 大地라고나 할까.

그러고 보니
이건 영락없이 小宇宙다.

여기엔 생명의 존엄과
생존의 경쟁과
생활의 創造美가 공존하는 보금자리구나.

저기 또 하나
누런 잎사귀가 떨어진다
그리고 우주의 한숨과 함께

고이 제자리에 내려앉는다.

갸륵하구나
저 낙엽은 이제
주어진 제 환경에의
순응을 이룩한 셈이다.

나는 또 높푸른 하늘을 향해
죽음에의 有備를 위한
기여하고 燃燒하는
삶의 가꿈을 위한
고운 설계도를 그려본다.

黃昏에 빌다

봄철의 저녁노을이
진달래로 붉었다면,
여름날 지는 해는
능금처럼 무르익었다오.

지금, 이 늦가을에
슬금 물드는 정다운 황혼아
왜 그리 홍시로 익어 가노
옛 섧던 내 고향 할배집 뒤뜰에
잎사귀도 다 떨어진
야윈 그 가지 감나무에
손주처럼 매달렸던
참꿀 홍시로 닮아 가네요.

이제
추운 겨울이 와서
저 서녘 하늘의 가슴팍이

아궁이에 던진 고구마 몸통마냥
뜨끈뜨끈해 보이면

나는 추위 따윈 아랑곳 않고
줄곧 당신만을 지켜보다가
정작 손주되어 달려 가리다
와락 껴안아 주오
나의 고운 황혼아
정다운 저녁노을이여.

(1983. 10. 30, 성남 교외 炭川둑에 서서)

*그윽하고 신비로운 아름다움과 사랑으로 어린 나를 달래던, 공해
 따위 알지도 못했던 지난날의 저녁노을이 그리워, 조상님과 天地神
 明께 기도하는 마음으로 보잘것없는 노래를 짓다.

사슴 母子는

모가지가 길어서 슬픈 짐승이라고
그 누가 말했나 눈물지었나?

지금
내 곁에 사는 사슴 母子여
사람들과 어우른 삶에 길든 눈동자가
행복과 기쁨일랑 잔뜩 뽐내며
탐스러운 각선미로
약동하는 그 듀엣이
참 멋지기도 하구나.

비록
전설의 뒤안길로 밀려간
너희 먼 고향이건만
심장에 고인 향수는
긴 모가지와 등어리에까지
점점으로 애타게 돋아났기에
사랑을 얽어내는 춤으로나마
하늘 향해 달래는가
사슴 母子는.

(1993. 9. 6, 경기도 광주 번천 우면농원에서)

가랑잎은 지는데

아 늦가을에 나무들아
너희 수줍음이 이다지도 귀여운 줄
아! 미처 몰랐구나, 나는.
시월이 가는 맑은 아침
떠오르는 태양을 반기면서도
홍조를 띄운 채 고개 숙이는
새악시 같은 순결이여
내 가슴 두근거리네.

잎은 지는데 어미닭아
너의 사랑이 그렇게 포근한 줄
아! 여태껏 몰랐구나, 나는.
추위가 다가오는 저녁나절
기울어가는 태양을 애닮아 하면서도
병아리 감싸 품으며 갸웃거리는
따뜻한 母情이여
내 가슴 두근거리네.

(1993. 10. 31, 우면농원에서)

벌거숭이 나무들

오늘따라 낙조가
더 오래 머물고 싶은지
벌거숭이 나무들을 어루만지듯
유난히도 벌겋게 뉘엿거리는
丙寅年 섣달 초하루의 정다운 황혼아
참 희한한 조화로구나.

冬至도 지나서
세월이 또 하나 저물 쯤이면
冬將軍도 사정없이
저 벌거숭이들을 더 매섭게 휘몰아치겠지만
오늘 같은 낙조를 사모하는 마음 앞엔
그 생기야 한결 훈훈할 텐데
누가 저들을 가엾다 했던고.

호들갑스런 매체들에 놀아난
어린애의 방한복이
ET처럼 상체만 부풀어 가고
여인들의 겉치레가
드라큘라의 의 망토처럼 펄럭이는 으스스함이 낙조여

얼마나 안타깝기에 그리도 불타는가.

여기
저녁노을에 물든 벌거숭이를 보라
뿌리도 되새김질하여 지열을 머금은 사지에
움 터질 마디마디에 꿈을 새기며
사르르 땅거미를 끌어안는다.

이빨 한 개

위 아래 서른두 개나
점지 받은 이빨 모두가
예순 한 해란 나이를 파먹고는
아랫턱 뼈에
간신히 하나만 달렸구나.

거울 보고 하소연하는
내 口腔의 공허가
한심하면서도

이빨 한 개의 누런 孤高가 가상하여
내 첫 손녀의 진주빛 생의 환희를
二重露出로 옮겨 심으며
자축해 본다.

(을축년 정월, 회갑을 앞두고)

제비들의 訓練飛行

이 아침
벌써 처서로구나

어제까지는
그렇게도 쏟아 붓던 빗줄기의 痕迹이
저기 대여섯 개의 솜구름으로 떠올라서
파란 하늘과 숨바꼭질하는 사이로
검은 나래들이
高空舞踊
아니, 훈련비행에 목숨을 걸었구나.

앞선 놈들은
오동통 살쪘는데
뒤따르는 어미는
왜 저리 깡말랐노.

그래도 이젠
비행 솜씨야 그 어떻든
저건
새끼 떼와 어미의 신나는 圓舞

행복한 이 순간이
왜 아니겠느냐.

몸서리나게 무덥던
지난 여름 내내
쉴새 없이 물어 넣던
노란 부리에의 어미 사랑은
보라
저렇듯 거뜬한 몸매로
물씬거리지 않나.

멀지 않아
흰 이슬 찬 이슬이 번갈아 내려
오곡백과가 알알이 여물 쯤이면
너희 나래깃은 어미를 앞질러서
겨울이 오기 전에
서둘러 날아 가야 할
애절한 어미의 꿈도 실어 가겠지.

창공에 조그만 몸짓이여

사랑의 繡를 놓을 작정이냐
망향의 畵筆을 휘두르겠다는 게냐
제비들의 훈련비행이 제멋대로
처서날 아침을 휘젓고 말았구려.

(1983. 8. 24, 처서날 아침)

情

내 고향 찾아드니
옛 얼굴 정다워라

앞 시내 뒷동산도
그 모습 여전한데

아버님 잠드신 무덤
잔디 더욱 고와라.

(신유년, 1981. 4. 10, 진영읍 용담 산소에서)

秒針의 재롱

— 永遠의 書

秒針이 째깍거리면
내 염통 물방아 돌고

초침이 칭얼대면
내 핏줄 꿈틀거리고

초침의 울음보가 와르르 쏟아지면
내 꿈은 기다란 기지개로
창문을 연다.

째깍이가 재롱 떨면
샛별이 쌩긋 웃고

째깍이가 하품하면
殘月도 미소짓고

째깍이의 웃음보가 까르르 메아리 지면
먼동도 얼굴 붉히며
未明을 연다.

드디어
요 귀염둥이는 無邊으로 날아가서
나와 萬象을 영원으로 이어주는
이 복된 순간이여
태양의 맥박이어라.

杞 憂

저 높은 하늘이 와르르 무너지지 않을까
또 이 땅마저 폭삭 꺼져 버리면 어쩌나
밤낮 이런 부질없는 걱정만 일삼던
옛 중국 杞나라의
어떤 어리석고도 어진 사람을
우리가 여태까지 조롱하여 마지않던 오랜 세월
그래도 지구는 푸른 건강미를 자랑하고 있었기에
인류도 그 품에 안겨
사람답게 살아 왔는데…

21세기를 눈앞에 바라보는 지금
우리 지구는 불치의 몹쓸 병을 얻어
애처롭게 앓고 있는 이 참상을
세상 사람들아 아느냐 모르느냐?

南極의 하늘은
오존층에 큰 구멍이 뚫려
마치 폐병환자 같고
北極의 한대도 胃下垂처럼 늘어져서
이상기후는 갈수록 극성을 떨고

지층은 용암의 발악으로
여기저기에 악성종양이 터지듯이 그야말로 만신창이다.

거기다가 공기와 물도 오염투성이로 돼버린 이 지경에
인구는 나날이 불어나는 반면
씨앗의 모태인 흙의 산성화로 폐농이 늘어
식량위기가 곳곳에서 일어나는 이 딱한 현상을
세상 사람들아 어찌 그리 對岸의 불 보듯
무관심 무감각하단 말가?

대자연의 은총과 섭리로 살아가는 우리 인류는
분별없는 지혜와 利己, 그리고 과욕으로
자연에 대하여 돌이킬 수 없는 죄악을 범하고 있음을
아느냐 모르느냐?

기름 한 방울 나지 않는
좁은 이 강토에
문명이기라고 뽐내는 자동차는
어느새 문명흉기로 사납게 넘쳐흘러
인간의 심신과 자연의 생태계를

모두 병들게 하는 이 사태를
가슴 깊이 우려하는 나는
바로 그 어리석은 자와 같은
또 하나의 바보스런 늙은이다.

從心의 나이를 넘고
죽음의 철학도 조금은 깨달은 나는
이제 아무런 걱정거리도 없는데
다만 이 지구와 우리 후손의 앞날만이
가장 근심거리가 되어
밤낮 가슴앓이 하는 이걸
20세기 말기에 생긴
또 하나의 기우임을
감히 주창해 본다.

(1996. 1. 16, 경기도 광주읍 나뭇골에서)

배호(裵湖)의 노래

콩팥을 움켜쥐고
곧장 쓰러질 듯
무대를 휘저어 돌며
구곡간장 녹아 터지는
애끓는 절규여.

누렇게 부은 얼굴에도
혈관마저 살 깊이 숨어 버리고
울대에 북받친 붉은 순정은
검은 안경테 뒤안에서
피눈물로 엉겼겠지.

배호야
그렇게도 어이없게 막을 내린
짧은 삶의 여한인가
尙今도
삼각지 로타리에서 장충단 돌담길로
남산 그 오솔길을 헤매다가
구성지게 훑어 내린 애절한 네 노래가
여기 을지로 5가에 홀로 선

내 귓전을 맴도는데.....

다시는 깨어나지 않을
첫 새벽의 피안으로 가버린
둘째놈의 불쌍한 삶이
어쩌면 비통한 네 운명을 좇았는지.

아! 왜 이리도 오늘 따라
그 모습 그 사연마저
쌍둥이처럼 네 노래에 실려 와서
내 목덜미에 달라 붙는
'아부지' 소리의 뜨거움이여
몸서리나는 보고픔이여, 이놈아….

(1983. 10. 12)

＊ 赴暎아! 3년 전에 네가 가 버린 날이 또 찾아왔기에.

밤새 안녕하냐?

— 스물여덟 살에 밤사이 저승으로 가버린 둘째놈 址暎이의
　 가련한 허무를 달래며

이미 고정된 버릇으로

새벽마다 되풀이하는

후련한 배설이 고마운

내 이맛전에

잔월의 고독을 달랜 셈인가

샛별,

그 깜찍한 윙크가 짜릿한 순간에사

비로소 너의 밤새 안녕을

허공에 더듬는다.

이어,

제3한강교를

시침 따라 달려가는

만원버스의 흐린 유리창 너머로

남산 첨탑

그 매끈한 교태가 하늘과 입맞춤할 쯤엔

또 한 번

밤새 안녕을 삼켜 넘긴다.

이윽고
삶의 장터로 스스로 정한
미아리 고개에 기어오르면
언제나 정답구나
백운대야 인수봉아
너희 어깨동무랑
오늘을 약속하는 고비에서
정작
삶의 궤도를 다짐한단다.

아, 그래서
짐짝처럼
하루의 피로가 안도에 실려
자정을 향해 되돌아 넘는
약수 고개 언저리의
검은 차창에 닿는
남산 첨탑,
그 깜박이의 재롱 때문에
지친 막차의 비명도 귀 밖으로

너 영원한 안녕을
자꾸 빌어본다 이 녀석아….

(1980. 12. 9)

  *몸서리나는 슬픔과 보고픔을 애써 잊으려고 새벽부터 밤중까지 미
   아리고개의 수도학원 강의에만 정신을 쏟아 붓는 애절한 나날이다.
   이 녀석아….

五十四 번

五十四 번은
세월이 아무리 바뀌어도
잊혀지지 않는
아니,
잊을 수가 없는
숫자이자 번호이다.

1937년 초봄
우리 집안에
우리 마을에
우리 모교 운동장 가득히
태양같이 환한 웃음꽃을 피워 준
아주, 재수 좋은 숫자다.

또 나에겐
인생 레이스의 첫 번째 청신호이자
마산공립중학교에의
수험번호였다.

차디찬 수험장 바깥에서

손에 땀을 쥐고
시린 발등 동동거리며
얼마나 애간장 태우신
우리 아버지의 축원이더냐.

턱걸이 체능검사장에서
청개구리처럼 바둥대는
못난 아들과 함께 하신
당신의 몸부림이
삶의 사닥다리에 마련된
피땀 어린 고갯길이란 걸
오늘도 깨씹으며
먼 하늘을 바라본다.

(1986. 6)

＊가파른 예순 고개를 넘어서며.

하늘

허허 저것 봐라
저리도 맑은 하늘이 가만가만
내게로 가라앉아서
바로 우리 집 마당 한복판에
가지런히 자리 잡았구나.

티 없는 투명
직립한 투명의 단면이
모두 나를 눈여겨보기에
그만 몸 둘 곳을 몰라 하는
내 어리석음이여 수줍음이여

언제부턴가
내 마음에 고이 담긴
저 푸른 하늘
바라보면 볼수록
절로 신명나는 맑은 하늘
저 투명의 벽 속으로 기어들어
뚜껑 없는 관 바닥에 누워서라도
하염없이 우러러볼

아, 고운 하늘
나의 푸른 하늘아.

어느 봄날의 幻想
— 늙음과 그리움은 반비례인가?

라디오가 흘리는
솔베이지의 애절한 하소연에
가슴 조이면
저 멀리서
그리움의 가냘픈 이슬은
어느 새
구슬 같은 물방울로
내 마름 적시는 애달픈 여운

월광곡의 꿈속을 헤매다가
열정 소나타의 부르짖음에
눈을 뜨면
저 멀리서
환한 웃음 지으며 다가오는 그림자.

아, 하늘과 땅 위엔
또다시 봄처녀 찾아 왔건만
하염없는 여운과 그림자만이
세월의 언덕배기를 뒹구는
내 어리석은 환상이어라.

고갯길

높고 험준하거나
나지막하고 순탄함을 가리지 않고 멀리서
바라보는 고갯길이란
그 얼마나
달콤한 그리움의 실마리인가요.

흰 구름 한두 점 노니는
파란 하늘 아래 꼬불꼬불
길다랗게 누운 고개라면야
그 얼마나 또
포근한 그리움의 꿈길인가요.

허나 나는 지금
사나운 질주와 굉음만이 판을 치는
4차선 페이브먼트로
확 트인
고개 아닌 모란고개에서
그저 어쩔 줄 몰라
좌우를 두리번거리는
내 몰골이 얄미워지면서도

줄곧 헤매던

내 삶의 외길을 의지 삼고
새삼
내 마음의 행로를 더듬어 본답니다.

인생이란
가도 가도 끝이 없는
고갯길과 능선의 연속

이제 古稀란 마루턱에 올라서 보니
쌓이는 감회에 뭉클 터지는
이 빨리 病과 便利嗜好에의 내 反骨은
下體 여린 새싹들의
優生化가 걱정이라…

밋밋한 4차선 고개 너머로
이티(ET)처럼 미아 되어
허공으로 튕겨갈새라
두 눈동자 부릅뜨고
가파른 나의 고갯길을
또 다시 기어오른답니다.

(1990년, 모란고개에서 고개식품이란 구멍가게를 볼 때)

쓰레기의 절규(絕叫)

맑은 가을날
여기 모란고개 빈 터에
내 구멍가게에 버려진
쓰레기를 불태워 본다.

헌 신문지에 고이 싼
각양각색의 쓰레기가
성냥개비 하나로
고운 불꽃으로 일렁이다가
그만
땅을 치는 통곡으로 뒹군다.

불꽃이여
쓰레기여
과잉하는 물질문명에
변질하는 인간성을 애통해 하느냐?
변모하는 생태를 슬퍼하느냐?

다 불타지도 못하는 잔해를
가을 해가 비웃기에

나는 하도 송구스러워

재빨리 흙덩이로 덮어 버렸다.

(1985. 9. 25)

쓰레기통과 꿀벌

저물어 가는 가을날 하오
다사로운 햇볕이 반가운
양지바른 구멍가게 쓰레기통에
꿀벌이 날아 왔네
살짝이 찾아 왔네.

아무도 돌보잖는 쓰레기통에
사람들이 내동댕이친 비닐봉지에
그래도 단내음이 남았던가 꿀벌아
너 지금 무아경에 빠져
일손이 바쁘구나.

인간의 슬기에
재치 있는 솜씨가 요술하듯 빚어 낸
美와 맛과 좀과 내음들이사
참 좋기도 하지.

헌데 시방
거미줄만큼이나 더 많이들
엉기어 뻗어나는 골목에

시종
소화불량에
토사만 거듭하는데도
차갑게 외면당하는
쓰레기통의 서글픔이여.

그래도
무참히 버려진
인간의 그 솜씨가 아까워
감싸 안고 꿍꿍대기로서니
어디 뉘 하나 거들떠나 보노.

하지만, 단 한 가지
인간이 만들어 낸
그 맛과 美는
필경
내 품안으로 되돌아온다는 자부심 때문에

'엘리제를 위하여'를 들려주며 찾아오는
청소차가 반가워서

저 푸른 하늘에다
소리 없는 한숨을 날려 본다.

꿀벌아
겨울이 와도 나를 찾아 주려나
너희 여왕님 몰래….

(1983. 10. 12)

九月이 간다

― 癸亥年의 九月을 보내며

九月이 간다.
돼지해의 九月이 가누나.
그건 또
甲子해로 바뀌 도는 마지막 九月이라 해야지.

티 하나 없이 맑은 하늘에서
푸른 물을 뚝뚝 듣게 하려는지
저리도 활짝 웃으시는
오 나의 해님이여.

당신의 그 웃음은
연민의 정인가요
축복이신가요

깡마른 들국화가
신나게 고마워서
키다리 해바라기랑 모두 함께
두 활개 잔뜩 펴 올리며
태양을 맞이하다 우르러 본다.

자 보라
해님의 은총에 담뿍 취해 버린
이 정다운 우리 산하의 정취를.

부드러운 그 품속에서
내 아직 이렇게들 살아가기에
이별의 아쉬움도 잠깐 잊게 되는
癸亥의 九月이여 안녕.

(1983. 9. 30)

自轉車

"어르신 안녕하십니껴" 하며
꾸벅 인사하는 어린이에게도
열이면 열 번
타고 가던 걸 내려서
"오오냐 잘 있는가"라고 답례하신 우리 아부지가
그렇게도 아끼셨던
그 自轉車.

단 한 분 남은
작은댁 당숙모가
지금도 나만 보면
입에 침이 마르도록 칭찬하시는
우리 아부지의 자상했던 사연들.

그 自轉車의 옆구리에 달라붙어
무릎이나 손등이 온통
피투성이로 멍들었어도
그리고 기어이 페달과 핸들이
구부러지고 비틀어졌어도
그저 웃음으로 내려다보시던 우리 아부지

아직도 따스한 당신의 손바닥.

지금은 공중에서 지상에서
또 지하에서까지
이 지구의 마지막 한 방울 기름끼마저
몽땅 짜낼 양으로
마구 뒹굴어 대는 交通修羅의 生地獄.

아 어디서나 누구를 보나
지하도의 돌벽처럼
굳어만 가는 얼굴들 인정들.

가자 어서 가자
그 自轉車의 옆구리가 그립구나.

어느 새 내 마음은 자전거 타고
오솔길 멀리 가는
고향으로 달린다.

(1986. 5. 2, 佛誕日이 가까워진 날)

終着驛

경부선 종착역은 분명 부산인데
나는 왜
이 중간지점 평택을
마지막 보금자리로 마음먹었나?

내 고향 김해 진영 용담마을은
할아버지 할머니 그리고 아버지의
영원한 쉼터가 안온한 뒷산과
형제처럼 어깨동무한 泰東山이
다정스레 동리를 내려다보고
內龍川의 둔덕에는
아름드리 느티나무가 서늘하게 지켜선
그런 포근한 마을이었는데

20세기가 사납게 훑어 갈 지금은
몹쓸 인간들의 이기와 물욕의 포로가 되어
공룡 같은 굴착기의 난도질을 당해 버렸고
스치는 사람마다 이국인 같아 보이는 판국에서
나는 내 고향을 어디서 찾아야 했던고?

실향민의 서글픔을 안고

이리저리 헤매던 끝에

德東山의 정기와

주공 1단지의 숲향기에 안겨

내 착한 아들 손자, 며느리가 고이 살고 있는

여기 평택이 정 주는 고장이기에

결국 나와 내 아내의

마지막 보금자리로 삼았답니다.

(2000. 4. 30, 平澤市 碑前1洞 주공1단지 108동 301호 寓居에서)

제 2부 書簡文

岡山 金徹年 仁兄!

　　입추, 말복이 지나고, 처서를 며칠 앞둔 작금의 아침저녁은 벌써 완연한 가을 기운이구려. 특히 새벽에 내 다락방 통풍구로 스며드는 바람은 단전까지 뚫고 들어오는 서늘한 느낌이오.

　　岡山! 그동안 閤夫人을 비롯하여 宅內諸節이 두루 무고하신지. 예고 없이 '金君' 하고 대문 밖에서 길고 굵다랗게 소리 내어 찾아왔다가는 떠날 때는 말없이 훌쩍 되돌아서곤 하니, 이젠 고요해져 버린 내 집 처마 밑의 제비집을 물끄러미 대하는 허전함뿐이오.

　　나는 여전히 새벽부터 물 긷고는 청소하고, 먹 갈고는 붓과 씨름하면서도, 때론 해바라기 꽃과 잔디가 장난하고 대화하는 놀음이 끝나면, 땀 씻는 통풍구 사이로 멀리 산과 하늘과 구름을 바라보는 일과를 되풀이하고 있다오.

一臥蒼江歲月深　　창강(자연)에 돌아온 지 오래구나
幽居不受點塵侵　　숨어 사니 한점 티끌 묻지도 않네
已知漁釣還多事　　고기잡이 낚시질도 번거롭고

更覺琴碁亦攬心　　거문고며 바둑질도 마음 쓰이네

石榻任地風過掃　　공 들인 돌무지 바람이 쓸어가고
梅檀授與鳥來吟　　화단도 돌보잖아 참새가 우짖네
如今全省經勞力　　이제사 온갖일 돌이켜 보며
終日無言對碧岑　　종일토록 말없이 푸른 산 바라보네

이게 나의 근황과 심경을 대변해 주는 글이라고나 할까.

지난 15일 아침 일찍, 문설주에 태극기를 세우면서 만 36년의 민족해방날과 그 당시 내 모습 및 심정과 상황을 한참 되새겨 보았다오. 참 만감이 교차하여 말문이 막히더군요.

그러나 '태양은 어김없이 다시 뜬다'라는 말과 같이 오늘도 해님은 중천에 빛나고 있고, 그를 따라 해바라기는 만면에 웃음을 띤 채 생기를 자랑하는 모습을 주시하면서, 정열과 이성의 조화란 여기서도 그 실상을 엿볼 수 있음을 혼자 수긍해 보기도 한다오.

이제 토마토의 열매가 탐스럽게 물들었으며, 옥수수도 아기 업은 아낙네처럼 제법 그 엉덩이가 부풀어 가는 가운데 내 고향 마산서 간직해 와서 뿌린 아주까리 씨앗은 어느 새 돌 지난 어린이같이 그 싹이 오똑 돋아 앉았다오. 種豆得豆란 이를 두고 말할 것이며, 자연의 섭리 또한 고맙고 대견하기 한량없는 게 어찌 아니겠소.

一少 四多論(少慾, 多動, 多接, 多泄, 多忘)을 實踐躬行 하는 가운데, 人生五計의 설계를 은근과 끈기로써 초지일관 펼쳐보겠다는 岡山의 뜻과 夫人의 꿈, 전적으로 찬동하는 바로, 며칠 후에 큰아이가 귀국하면 구체적으로 상의하여 君의 계획에 物, 心, 勞 三面으로 부합되게 힘쓸 작정을 굳혔소.

삶의 과정은 황무지를 일구어가는 땀과 勞와 눈물의 범벅임엔 틀림없지만, 그 땀과 눈물을 웃으며 씻을 수 있는 후련한 그 순간을 꿈꾸며, 天命이 다할 때까지 활동해 본다는, 그것이 곧 우리에게 남겨진 의무가 아니겠소.

荒蕪盡處是靑山　거칠은 벌판 다한 곳이 청산인가 했더니
行人更在靑山外　가도 가도 아직 나는 청산 밖에 있구나

내가 즐기는 歐陽脩의 글을 되뇌이며 오늘은 이만 하겠소.
내외분 내내 안녕하소서.

辛酉 8월 17일 上午
세곡동 내 다락방 칩거시절 惠水 씀

岡山 兄

　기다리지 않아도 다시 돌아오는 봄, 天道의 오묘한 배려는 積年의 회한과는 逆比例로 내 마음의 잔잔한 물결에도 적지 않은 소용돌이를 불러일으키는가 보네그려.

　　前村에 溪滑하니 봄소식이 가까워라
　　南窓에 日暖하니 閣裏梅 푸르렀다
　　아이야 盞 가득 부어라 春興겨워 하노라

　경칩마저 엊그제로 밀려난 오늘, 石溪에 滑流하고 草木에 萌動함이 온 몸에 감촉되는 듯하여, 奉國寺 뒤편 靈長山 중턱에 홀로 올라, 사방을 周覽하니, 멀리 북으로는 인왕, 삼각, 수락의 列峯이 봄안개 속에 잠길 듯, 솟을 듯 아물거리고, 暖陽 가득한 저 남녘 連峰 너머에는 도대체 누가 알뜰히도 살길레 이렇게들 정다운 봄바람을 어김없이 실어 보내주는지. 잠시라도 忘我之境에 취할 수 있게 해 주시는 대자연의 은총에 새삼스레 고개 숙여 합장한 다음 내 좋아하는 巴人 金東煥의 '산 너머 남촌에는'이라는 노래를 소리 내어 부르며 발걸음을 옮겼다오.

> 산 너머 南村에는 누가 살길래
> 해마다 봄바람이 남으로 오네
> 꽃 피는 사월이면 진달래 향기
> 밀 익는 오월이면 보리 내음새
> 어느 것 한 가진들 실어 안오리
> 南村서 南風 불 제 나는 좋대나.

> 산 너머 南村에는 누가 살길래
> 저 하늘 저 빛깔이 저리 고울까
> 금잔디 넓은 들엔 호랑나비떼
> 버들밭 실개천엔 종달새 노래
> 어느 것 한 가진들 들려 안오리
> 南村서 南風 불 제 나는 좋대나.

그런데 말일세.

"홀로 있어도 어디멘가 그대 있음에 내 이제 외롭지 않네."라는 어느 달콤한 노랫가락처럼, 고독은 인간에게 그 자신의 최초의 이미지를 깨우쳐주는 內省이라고 나 혼자 다짐하면서도 자연에의 실감에 따르는 인생에의 해답을 아직도 까마득히 풀기 어려워서, 잠시나마 잠겼던 沒我의 꿈은 어느덧 현실의 그리움으로 바뀌

어, 내 향수는 다정한 벗 그대 岡山에게로 달려감을 막을 길 없었
다네. 그래서 이 회포를 李太白의 言志 한 가락을 빌려 풀어 볼까
하니 海諒해 주게나.

春日醉氣 言志

處世若大夢　胡爲勞其生
所以終日醉　頹然臥前楹
覺來盻庭前　一鳥花間鳴
借問如何時　春風語流鶯
感之欲歎息　對酒還自傾
浩歌待明月　曲盡已忘情

사람이 이 세상에 산다는 것은 꿈속처럼 덧없는 일이거늘
구태여 짧은 삶을 괴로워하며 살까보냐.
그러니 종일토록 취해 堂前 기둥 아래 비스듬히 누웠더라
네.
홀연 잠을 깨어 뜰 앞을 바라보매
낯선 새 한 마리 꽃 사이에 울지 않나.
묻노니 지금이 어느 때인고?
문득 봄바람과 함께 들리는 꾀꼬리 소리.
아! 이 봄의 정취에 마음 설레어

다시 술 단지를 기울이니 이미 바닥났구나.

에라 모르겠다 노래나 부르면서 明月을 기다리니

五慾七情마저 초월해 버린 영원의 처지라네.

마치 色卽是空이오 空卽是色의 경지 같기도 하고, 丹心懸日月이오, 大義在春秋 같은 뜻이기도 해서, 춘흥에 겨워 자꾸 음미해 보았다네.

그곳 마산의 봄은 한 걸음 먼저 찾아와서 지금쯤은 한창이겠지.

鷺山 李殷相님의 '가고파'를 읊조리며 고향의 봄을 그려 본다오, 꽃샘추위도 아직 도사리고 있을 테니 내외분 더욱 건승하시기를 빌겠소.

나는 여전 硯墨과의 씨름 중이며, 淸明寒食을 기하여 하향할 계획이오.

그럼 다시 만날 때까지 내내 안녕.

辛酉 3월 8일
성남시 태평3동 寓居에서 惠水 씀

埀름아 내 아들아 1

오늘은 立夏와 어린이날이 겹친 일요일이다. 촉촉이 내리는 보슬비 사이로 효진이의 천진한 눈망울과 함께 너희들 5남매의 어릴 적 모습이 이 모란 고개에 우거지는 신록처럼 두 활개 활짝 펴고 내게로 다가오는 것 같구나.

신진대사란 대자연의 고마운 理法. 씨앗이 익어 여물면 낙엽진 바탕에 새싹이 다시 피어오르는 일들, 참 오묘한 섭리가 아니냐. 그래서 나는 오늘도 흰 머리카락 하나 뽑으며 너희들의 안녕과 다복을 마음껏 축원해 본단다.

지난 5월 2일(음력 3월 13일)은 아버님의 제삿날. 며느리와 효진이가 와서 너희 어머니와 함께 정성들여 祭享을 올리며 노의 무고도 빌었단다.

인제 효진이는 그 고사리 같은 두 손으로 내 수염을 만지려고 턱을 문질며 제법 방긋하더라. 저 산야의 초목처럼 날이 가는 대로 쑥쑥 자랄 테니, 너의 고된 땀방울을 효진이의 예쁜 자장으로 씻으며 자중하여라.

4월 30일, 阿里山이라는 중화요리집에서 우리 가족끼리 오붓

한 만찬이었는데, 그 자리에서 나는 너의 정성어린 새 이빨(의치)로 시식하며, 새삼 너의 결석을 아쉬워했단다. 나는 처음 한 달간은 몹시 어색한 입놀림이었으나 인제는 땅콩 한 알 한 알을 깨물어 씹을 정도로 익숙해졌지만, 너의 엄마는 지금 한참 훈련 중이란다. 조금 지나면 나아질 테니 제발 지창이를 생각해서라도 조심스레 씹어 돌리라고 타이르곤 한단다.

너에게서 전화 왔더란 말을 며느리를 통해 들었지만, 아침저녁 규칙적으로 自己마사지를 부지런히 하며 건강하여라. 여기는 너희 엄마를 비롯하여 모두가 탈 없이 지내니 아무 걱정 말고 오직 자중자애 하여라.

오늘 오후 뜻밖에 址石이가 잠깐 외출 왔더라. 지석이도 날로 더 굳은 각오로 공부에 열중할 채비를 갖추는 것 같으니 우리 마음껏 성원해 주자꾸나.

내 入齒와 回甲을 넘긴 느낌을 적었으니 읽어 보아라.

다시 사는 길
— 還甲을 넘기고

색동 무지개와 더불어
靑壯의 꿈은 멀리 가버렸고
흰 수염에 주름살마저 무상을 재촉하는
텅 빈 입속에

그래도
흰 이빨 줄지어 서게 된
환한 웃음으로
다시 사는 걸음마를
하나 둘 익혀 본다.

점지 받은 삶의 虛途이
이빨 한 개의 고독처럼
쓰린 悔恨으로 사무친 입속에
그래도
아버님 사랑 넘겨 이은
내 아들 효성 새기며
가지런히 이빨 다물고
다시 사는 의지로 하나 둘 삼켜 본다.

아아 그렇다
인젠 天聲地語에 두 귓구멍 활짝 열고
손녀 효진이 맑은 눈망울
남은 내 외길의 등불로 여겨
다시 사는 깨달음
하나 둘 밝혀본다.

아직 미완성이니 퇴고해 보아라.

그럼 오늘은 이만 쓴다. 안녕.

1985. 5. 5 立夏 애비 씀.

(熱砂의 땅 사우디에서 피땀 흘리며 일하는 장남에게)

지창아 내 아들아 2

복스런 瑞雪이 내리는 설날 아침의 미끄러운 길을 훌쩍 떠나가 버린 순간부터 애비는 줄곧 너의 건강과 無故를 빌어 왔는데, 기다렸던 글월이 반가이 날아 왔구나. 실은 내가 먼저 사연을 띄울 참이었단다.

그동안 별 탈 없이 근무하고 있다니 무엇보다 다행한 일이다. 날이 갈수록 더욱 더 그곳 풍토에 잘 적응돼서 언제까지나 몸 성히 지내도록 축원하겠노라.

여기는 벌서 春分도 지나서 이제 본격적으로 봄기운이 무르익기 시작하는데, 더구나 어제(25일) 내린 축축한 봄비 덕으로 오늘은 유난히도 맑게 갠 하늘 아래 온 산야의 초목들이 싱싱한 기지개를 펴는 것 같구나. 이를 바라보는 애비의 마음 한 구석은 왜 이리도 찡하게 자꾸 아파오는지 .

화창한 고국의 봄을 멀리 한 채 그 몸서리나게 더운 熱砂의 땅에서 피땀 흘리고 있을 그대 모습을 생각하니 새삼스레 T.S. 엘리옷의 "사월은 잔혹한 달"이라고 말한 荒蕪地의 환상이 내 눈망울을 따갑게 하는구나.

지창아. 이는 어리석은 애비의 부질없는 感傷도 멜랑콜리도 아닌 꾸밈없는 나의 너에 대한 情의 한 토막이라 웃어넘기고 더욱 용기백배해 주기 바라노라.

이곳 어머니를 비롯하여 며느리, 효진이, 지석이, 선미, 계명이 등 모든 가족들 모두건강하게 잘들 지내고 있으니 아무 걱정 말고 오직 자중자애하기만 하여라.

지난 3월 8일에는 너희 엄마 생일 하루 전날이라고 며느리, 선미, 계명이 모두 아이들을 대리고 와서 미역국을 맛좋게 끓여 먹으며 한때를 즐겁게 보냈단다.

효진이가 인제 토실토실 어찌나 잘 자라는지 고 까만 눈동자가 샛별보다 더 맑게 빛나는 게 앞날의 총명을 짐작케 한다. 너 물론 자나 깨나 귀여운 효진이의 모습이 눈앞에 아련하겠지만(애비도 그랬음) 바라보는 그리움을 품고 살아가는 게 인생이고 보면 그저 그 애타는 심정을 꾹 달래며 내일을 향해 오늘의 발걸음을 굳세게 내디뎌야지.

내 아들아

문득 이런 시가 떠오른다.

봄이 오기까지

이 쬐그만 씨앗 속에

그토록 깊은 비밀 숨은 것은

바람이 알기 때문에

이 쬐그만 씨앗 속에

그토록 따슨 사랑 숨은 것은

햇볕이 알기 때문에

봄이 오기까지 몸을 부벼

차가운 씨앗 숨소리

노래 불러야 한다.

아랫니 한 개 남겨두고 몽땅 없어진 내 입속에 너희 정성과 김
영훈박사의 애씀으로 내일(27일)이면 在來齒와 비슷한 위아래 스
물여덟 개의 이빨이 들어앉게 되었다. 내 여생을 좀 더 보람 있게
보내기 위해서라도 알뜰히 간직하며 씹어 나갈 작정이다.

너와 떨어져 있는 상태에서의 내 생일잔치란 걸 굳이 사양했
으나 선미, 계명이의 주선으로 오는 3월 30일(토) 하오 7시에 한남
동 하이야트 호텔 건너편 阿里山이라는 중화요리점에서 우리 가
족끼리만의 회식을 가지기로 했다고 하니 그것만으로도 좋은 일
이 아니냐. 너와 함께 하지 못하는 것만이 서운할 따름이지.

마침 마산에 계시는 나의 다정한 벗 金徹年 전 진주시장이 일
부러 참석하겠다고 하니 고맙게 생각한다.

다음 번 너희 어머니 回甲 때는 여러 친족들을 뫼시고 한턱
잔치를 차려보자꾸나.

4월이 오면 고향 산소에 성묘 가는 겸 재판관계 뒷마무리(소유
권이전등기)를 완전히 지을 계획이다.

너희 어머니에 대한 애비의 돌봄, 지석이의 학업문제 등 다 잘 돼 갈 테니 아무 걱정 말고 오직 너 심신의 건강에만 유념하여라.

자 오늘은 이만 쓰겠다.

더욱 씩씩하고 굳세고 꿋꿋하여라. 내 아들 지창아.

1985년 3월 26일
애비 씀

지창아 내 아들아 3

　　中伏과 大暑를 며칠 앞둔 이곳도 제법 한여름다운 더위이기는 하나, 너가 당하고 있는 그곳 熱砂의 혹서에 비하면 오히려 견디기에 알맞은 자연의 혜택이라 여기면서 지내고 있다.

　　애비는 가게에서 앉았다 섰다를 반복하고 있고, 너희 어머니는 상품 사들이느라 바쁜 나날을 건강하게 생활하고 있단다.

　　지난 12일(토)에는 며느리가 효진이를 앞세우고 와서 즐거운 낮 한때를 보내다가 새로 증축한 3층을 둘러보고 갔는데 인제 스스름없이 방긋 웃으며 내 무릎에 기어오르는 효진이의 재롱에서 나는 멀리 35년 전 밀양에서의 너의 토실토실했던 장난꾸러기를 二重露出로 연상했단다. 지석이도 더 부지런히 방학도 모르고 공부하다가 4, 5일 전에 친구들과 지리산과 부산방면을 일주한다고 떠났는데 내일이면 돌아올 것이다. 그리고 선미가 7월 초에 시삼촌댁 혼사가 있어서 아이들과 상경했다가 마침 李서방도 서울에서 교육받는 중이라 새로 지은 방에서 일주일가량 잘 지내다가 올케와 효진이도 만나보고 내려갔다. 그리고 계명이도 朴서방과 더불어 아이 잘 기르며 무사하다. 이번에 朴서방이 부업을 계획하여 장충체육관 근처에 가게를 하나 마련하여(전세) 주로 사무용품 및 문방구 등을 취급할 모양인데 아파트를 세를 놓고 오는 9월 15일 경에는 이사할 예정이라더라.

지창아. 이렇게 온 가족들은 건강하고 착실하게들 지내고 있으니 이곳 걱정일랑 아예 말고 오로지 너의 건강과 업무에만 몰두하여 자중자애 하여라.

이번 집 공사문제는 네 어머니의 착상과 시당국의 도시계획변경으로 기회는 좋았다 싶다. 공사비와 청부업자의 성실도 및 뒷마무리 부실 등의 조건과 과거 細谷洞에서의 쓰라린 경험에 비추어, 애비는 네 어머니의 過勞와 멀리 있는 너의 心勞를 특히 더 감안하여 강력히 반대하였지만, 결국 우려했던 것보다 빨리 튼튼하고 쓸모 있게 지어졌단다. 비용 총액 750만원의 해결방법은 애당초 청부업자와의 계약조건으로 전세금 600만원에다 착수금 150만원이면 명의변경 및 준공검사 일체를 책임진다는 것이었는데, 공사 완료와 동시에 입주자가 나서서 오늘 벌써 입주했으며, 나머지 차용금 150만원 중 50만원은 가게의 운용으로 이미 갚았고, 오는 9월 중순까지는 모두 말끔히 청산되게 틀림없는 계획을 진행 중이니, 지창아 너는 아무 염려 말아라.

네 어머니는 너가 짊어지고 있는 짐을 해가 더 가기 전에 조금이라도 덜어주기 위해 이번 구상을 했는데, 사실 따지고 보니 분명히 그렇게 될 것 같구나. 예를 들면 1,2년 후에는 아래층 방 전부를 월세로 돌리고 윗층을 우리가 사용하더라도 우리 둘과 지석이의 생활비는 될 게고, 가게의 운영도 끝까지 해 나갈 작정이니까 우리 모두 오직 심신의 건강관리만 각자 잘 할 것을 다짐하며 낙관하자꾸나.

節侯의 어김없는 推移에 다라 오곡백과가 여물어 가듯이 우리 효진이와 胎兒의 성장도 日進月長하리라는 것을 너무나도 잘 알고 있을 너의 향수와 보고픔이 오죽하겠는가마는, 애타는 그리움과 기다림이 곧 오늘을 살아가는 디딤돌이라 생각하고 참고 견디면, 밝은 태양은 또다시 뜬다는 섭리에 의한 고마운 축복이 꼭 내린다고 지창아 우리는 굳게 믿고 살자꾸나.

가게에 손님들이 줄을 잇는 시간이라 오늘은 이만 써야겠다.

부디 자중자애 하여라.

별지의 내 최근 졸작을 읽어보고 손질해 두어라.

1986년 8월 19일
애비 씀

高惠子님의 수필 '실겅(살강)'을 읽고

高先生의 '실겅'이라는 글의 한 마디 한 가닥마다에서 옹달샘 물 솟듯이 우러나오는 포근한 情과 아름다운 사랑과 아련한 그리움, 그리고 釋迦牟尼佛과 제자 迦葉과 사이에서 이루어졌다고 전해지는 염화시중의 미소와도 같은 以心傳心 그대로의 할머님 어머님의 無言示範에서 피어난 향기로운 가르침의 傳受. 이 얼마나 구수하고 참된 한국의 맛과 멋이 담긴 정황입니까?

지금 내 곁에서는 '소녀의 기도'라는 피아노 소곡이 부드럽게 흐르고 있고, 내 눈앞에는 시골 大家에서의 제삿날 준비로 큰 댁 작은 댁의 온 식솔들이 분주하게 들락거리는 정성어린 人間家族의 모습들이 수준 높은 문화영화의 영상처럼 아롱거립니다. 이것은 영락없이 우리 조상들과 부모님의 진정한 사랑과 有終의 美에 의해서 엮어진 인생의 縮圖 바로 그것입니다.

高先生!

참다운 예술의 길이란 아름다운 삶 또는 죽음과 어떻게 만나지는가를 규명하려는 노력으로 참다움, 아름다움, 향기로움을 찾아 헤매는 가시밭길이라고 나는 믿습니다.

高先生의 작품 '실경'은 또 부엌(정지)에 대한 나의 그리움에 모닥불을 지피듯 큰 감동을 자아내었습니다. 옛날에 살던 우리 집은 이미 타인의 거처로 되어버린 지 오래고, 그것도 콘크리트 벽돌로 완전히 개축하여 바퀴벌레 등이 좋아라고 날뛰는, 나를 슬프게만 하는 그런 모양으로 遁甲해 버렸지만, 내 마음에 영원할 그때 그 정지, 할머니, 어머니의 엉덩이를 성가시게 졸졸 따라다녔던 그 부엌은 바닥과 벽에서 풍기는 흙내음과 실경의 대나무와 놋그릇, 가마솥과 질그릇의 반질거림(潤氣)과 함께 언제까지나 내 눈앞에 선하게 살아남을 겁니다.

요즘 개인이나 집단이나 한결같이 미래지향이라는 구호나 말들을 예사로 입 밖에 쏟아내는 것을 더러 듣고 보고 합니다만, 어쩐지 나에게는 알맹이 없는 헛소리로만 여겨져서 딱한 생각이 들 때가 많습니다. 어제가 없는 오늘과 내일이 있을 수 없듯이, 세월과 함께 모든 것은 흐르고 또 변해 갑니다. 우리는 이 흐름과 변천에 잘 적응하며 살아가게 마련이지만, 한시라도 잊지 말아야 할 것은 그 근원과 흐름의 과정입니다.

뿌리와 줄기, 역사와 전통, 조상과 부모의 은덕, 나 자신의 배움, 남의 의견이나 충고 등을 바탕으로 오늘의 삶과 내일에의 꿈, 희망과 이상, 의욕과 설계, 끊임없는 노력 등이 잘 조화된 현재진행, 이것이 우리의 삶이 아닐까요? 그렇습니다. 우리의 창작도 이런 바탕에서 우러나올 겁니다.

　　高先生의 '실경'을 감상하면서 나는 많은 것을 느끼고 배우고
또 얻었습니다. 고맙습니다.

　　내내 건강하소서.

1992년 7월 15일

제 3 부 隨筆

내 雅號 惠水에 관한 이야기

雅號라는 말을 국어사전에서 찾아보았더니, "文人, 學者, 畵家 등이 본명 외에 갖는 風雅한 號"라고 풀이하고 있었다. 풍아는 풍류스럽고 우아하다는 뜻일 것이다. 이런 뜻을 알고 나니까 나의 아호 惠水에 관하여 무엇이라고 말하려 하는 게 조금은 쑥스러운 느낌이 들었다. 왜냐하면 내가 문인이나 학자도 아니고 또 풍류스럽고 우아하다는 축에 끼어들기에도 자격미달이 아니냐고 自問自責이 고개를 들고 나섰기 때문이다. 그러나 내 마음의 한 구석에는 약간의 자존심은 살아 있어서, '나도 이제 從心의 나이를 넘어섰고 또 내 딴은 일평생을 애써 글 읽고 하늘과 바람과 물과 나무를 사랑하고 사람도 사랑하면서 성실하게 살려고 애썼노라'라는 말을 남기고 싶은 생각이 없지도 않아, 큰 마음먹고 몇 마디 적어보기로 한다.

1939년은 일제의 군벌정치세력이 한창 기승을 떨치고 있을 때였고, 나는 조선총독부가 內鮮共學의 첫 시도로 세운 馬山公立中學校의 3학년에 재학하고 있었다. 그 당시 일본의 대표적 시인의 한 사람이었던 와가야마 보쿠수이(若山 牧水)의 서정과 시풍을

은근히 좋아했던 나는, 내 고향 경남 김해군 진영읍 내룡리 용담 마을 맞은편의 큰 泰東山과 작은 태동산이 다정스레 어깨동무한 자태와 축 늘어진 버드나무 가지와 벗 삼는 마을 우물(옹달샘)에 내 마음과 눈길이 자주 이끌려 갔는 데다가, 우리 집 뒤뜰의 맑고 찬 물맛이 얼마나 좋은지, 나는 점점 물의 眞味의 야릇함과 고마움에 깊은 감동을 품게 되었다. 또 마산 舞鶴山 기슭에 자리 잡은 모교의 옥상이나 운동장에서 바라보는 合浦灣의 푸른 물결과 하늘은 나의 청운의 꿈나래를 끝없이 펴게 하여 낭만적 시상의 세계로 고이 인도하는 바람에, 물의 신비로움과 恩惠를 기리는 동시에 물의 특성의 하나인 適應性을 거울삼아 살아가겠다는 뜻으로 惠水라는 號를 마음속에 알뜰히 간직하게 된 것이다.

하지만 나는 이 호를 知天命, 즉 쉰 살이 될 때까지는 내놓고 써 본 일이 없다. 그것은 나이를 봐서도 당돌하게 함부로 쓸 처지가 못 되었고 또 쓸 필요도 없었다. 그저 마음속으로 나도 이런 號를 가졌으면 좋겠다라는 생각과 언젠가는 당당하게 쓸 기회가 오겠지라고 청소년다운 푸푼 기대를 가져 볼 따름이었다.

그런데 삶의 과정에는 피할 길 없는 수많은 迂餘曲折이 운명처럼 기다리고 있는 법이라, 나에게도 어김없이 여러 어려운 고비가 밀어 닥치곤 했다.

1968년 8월, 드디어 나는 큰 결단을 내 자신에게 내려야 했다. 그것은 광복 후 줄곧 경남과 부산 지역의 교육계에만 몸담았던 스물두 해의 생활을 청산하고, 우물안의 개구리(井底之蛙) 같은 좁은

늪에서의 탈출을 기도한 사건이다. 아까운 시간과 세월만 허송하는 자기자신에게 좀 더 강렬한 자극과 채찍질이 필요했다. 그래서 무작정 서울행 야간열차에 몸을 싣고 말았다. 3男 2女의 어린 자식과 아내를 두고, 뚜렷한 목표와 몸 둘 곳도 못 정한 채 감행한 저돌적 모험이었다.

첫새벽의 서울역 광장의 공기는 계절에 걸맞지 않게 싸늘하게 내 온 몸을 밀쳤고, 희미한 가로등은 달갑잖은 손님을 외면하는 듯 차갑게만 느껴졌다. 낯선 서울거리를 하루 이틀 헤매다가 九宜洞의 구석진 곳에 방을 얻어 몸을 안착시키고 나서, 조용히 앞날의 진로를 구상할 때 문득 머리에 떠오른 것이 까마득히 잊고 있었던 惠水라는 내 아호였다. 어떻게 하면 이 꽉 막힌 고비를 계곡의 바위를 뚫고 흘러내리는 저 물처럼 머물지 않고 끈질기게 살아갈 수 있을까 하는 생각이었다. 그렇다. 저 물과 같이 어떤 어려움이라도 잘 적응하면서 견디고 이겨 나아가자라고 두 주먹 불끈 쥐고 굳세게 정신을 가다듬었던 것이다.

그래서 그 해 12월 5일에 실시 예정인 서울시 사립고교 교사 임용고시에 응시하기로 결심하였고, 그 날부터 3개월간의 그야말로 不撤晝夜 시험공부에 몰두한 결과 다행히 합격하여, 이듬해 1969년 3월 서대문구 응암동 소재 冲岩高等學校 국어교사에 임용되어, 나의 서울생활은 본격적으로 이루어진 것이다. 그 후 갖가지 역정을 겪은 끝에 어느 새 古稀의 마루턱을 넘어 서고 말았다. 하지만 그동안 내 비록 명색이 감투란 걸 써 본 일은 없었지만, 외길을 신념대로 걸어온 삶이었음을 후회하지 않는다. 헛된 욕심을 갖지 않고, 스스로를 맑게 하여 베풀면서 흐르는 물처럼 살아가겠다는 뜻을 지닌 내 아호 惠水와 우연의 일치로 속뜻이 통하게 된 老子의 上善若水라는 생활철학을 실천하는 것뿐이라고 한다면, 나의 가소로운 어리석음일까? 지나친 자만일까?

찬란한 슬픔이여! 잔혹한 四月이여!

요즈음 나는 우연한 인연으로 함께 살게 된 이 꽃밭과 숲속에서 永郞 金允植이 절규한 '찬란한 슬픔'의 참뜻과 T.S 엘리엇이 갈파한 '4월은 잔혹한 달'이라는 말의 속뜻을 날마다 조금씩 깨달아 가고 있는 중이다.

그렇게도 반갑게 활짝 웃던 목련꽃이, 그다지도 정답게 손짓하던 진달래가, 그리고 映山紅과 철쭉꽃이, 거기다가 나를 따뜻이 안아줄 듯하던 모란과 함박꽃마저 , 아니 또 서늘한 향기로 내 온몸과 마음을 적셔 주던 등꽃송이까지도 어느 날 새벽부터 至賤으로 떨어져 흩어지고 있는 게 아닌가. 나는 가슴이 아프다 못해 정신까지 산란해지는 듯했다.

그래도 결국, 나는 마음 아픔을 꾹 참고 낙화들을 아침마다 쓸고 또 쓸어서, 그들의 가지 아래로, 뿌리 곁으로 되돌려 보내 주었다. 모가지도 없는 꽃망울, 시들어 빠진 몰골, 참 애처롭고도 찬란한 슬픔이 바로 여기에 있었구나.

이 강산에 봄이 또 다시 찾아 왔기에 만물이 되살아나고, 봄비가 내리고 봄바람이 흙의 훈기를 실어 와서 꽃이 피고 신록도 돋

아나니 새들도 신명이 나서 이리저리 날아들고, 배추 상추 풋나물
에도 사랑의 봄이 무르익으면 도랑물도 졸졸, 노고지리 비비베베,
그야말로 싱싱한 생의 약동이 고마울손 내가 살고 있는 이 農園
에, 이 숲에 가득 축복을 내리고 있지 않은가. 그러나 그렇게 아름
답고 향기롭던 꽃잎들은 봄이 가기도 전에 쉬 지고 말았다.

　우리 인생도 어버이 사랑과 大宇宙의 攝理로 태어나서 고이
자라서, 꽃 같은 청춘을 구가하고, 壯年의 完熟을 자랑하다가, 차
차 늙어서 天命이 다해 죽음을 맞이한다. 인연 따라 왔다가 그 인
연 다하여 가는 것이다. 이것도 하나의 宇宙秩序인 동시에, 生死
와 涅槃이 지난 밤 꿈결과 같이 어이없는 숨바꼭질이다. 하지만
삶이란 단지 허무하고 무상하다고만 단정짓지 말자.

　"모란이 피기 까지는 나는 나의 봄을 기다릴 테요"라고 한 金
永郎의 시대로 나는 내 마음의 봄만은 어떤 荒蕪地에서도 잃지 말
고, 먼 지평선을 향하여 줄곧 걸어가리라. 大宇宙가 숨 쉬고 있는
한, 태양은 또 다시 뜨고 빛은 우리를 되살려 줄 테니까.

　4월은 잔혹한 달이라고 했지만, 3월 없는 4월이 있을 수 없듯
이, 매서운 겨울을 견디고 이겨 내야 화창한 봄을 맞을 수 있는 게
대자연의 순리인데, 인간은 이 고마운 질서를 감수하기는커녕 모
든 것을 자기위주로 받아들이고 탐욕하여 그 찬란함에 지나치게
宿醉한 나머지 몽롱하고 고달파진 마음과 몸은 필경 황무지로 내
쫓기게 마련이 아닌가. 자연에 무관심하고 자연의 고마움을 망각
한 인간은 죽음보다 더한 황무지에서 방황하며 덜게 될 것을 왜

깨닫지 못하는지. T.S 엘리엇이 말한 荒蕪地란 별 것이 아니다. 바로 인간자신들에 의해서 그 과욕 때문에 자연에 대한 불손으로 만들어진 自業自得의 産物임을 어찌 뉘우치지 못한단 말인가?

시는 말장난이 아니다. 우주의 섭리에 호응하는 태도로써 "꾸밈없는 마음, 아름다운 감정, 향기로운 뜻"을 경건하게 대자연에게 바치는 데 알맞은 말이라야 시다운 시가 우러나올 것이다.

내가 이 세상에 태어난 지 벌써 예순아홉 해나 되었다. 그동안 나도 숱한 기쁨과 슬픔을 맛보면서 지나온 셈이다. 어떤 삶이라도 그과정은 거센 파도처럼 기복이 심하겠지만, 나에게 내린 시련 역시 뼈 아픈 갖가지로 점철된 평생이었다고 해도 과언이 아닐 것이다.

우선 내가 살아온 동안에 겪은 시간적 환경의 곡절은 다음 기회로 돌리고, 잠시 내가 당한 슬픔의 사연들을 떠올려 볼까 한다. 어질고 맵시 있게 여든여덟, 여든일곱이라는 天壽를 누리시고 고이 잠드신 우리 할아버지, 할머니의 별세.

삶의 거센 풍파를 홀로 감당하시며 부침의 일생을 지성으로 사셨으나, 古稀를 못 넘기신 우리 아버지의 애석한 운명. 외로운 삶을 오직 한국적 婦道를 다하시다가 가신 우리 큰어머니의 涅槃. 정성과 사랑을 위로 아래로 고스란히 바치고 내리시고, 喜壽(77세)를 넘기신 우리 어머니의 昇天, 신이 만물에 내리신 會者必離나 生者必滅의 섭리 앞에 어쩔 수 없는 굴레이기는 하지만, 死別이란 뭐라고 말할 수 없는 피눈물이다.

시간이 지나가고 세월이 흐른다. 지구의 自轉과 公轉이 어김없이 이루어지고 있다. 꽃들도 그와 함께 피었다가는 시들어 떨어지고, 사람도 태어나 자라서 살다가 죽어간다. 이것이 우주의 질서요 자연의 新陳代謝다. 아름다움이 있기에 추함이 있고, 사랑하기 때문에 미움도 솟아나고, 너무나 찬란하였기에 슬픔도 더해진다. 그 지극한 슬픔도 시일이 바뀌고 세월이 가면 망각으로 가려지는가 보다. 그래서 나는 오늘도 "슬픔이여 안녕" 하면서 살아가는지 모른다.

이 꽃밭과 숲속에는 5월의 햇빛이, "오! 나의 태양(O Sole Mio)"이라는 노래를 내 목에서 절로 터져 나오게 할 양으로 빛나고 있고, 신록은 故 李敭河 선생의 예찬 말씀 그대로를 한껏 자랑하고 있다. 나는 '아 고마워라'라고만 입속에 담았을 뿐 다른 말은 죄다 잊어버린 채 이 숲속에서 한나절을 경건한 마음으로 보내고 있는 것이다.

(1993. 5)

일과 삶
— 신념의 行動化

일은 우리에게 꿈과 희망을 안겨 줄 뿐 아니라, 생기의 발산이 잘 조절되어 생활의 보람을 실컷 맛보게 해 준다. 어떤 일을 하려면 먼저 하고 싶은 의지에 의해서 계획을 세우고, 심신의 활동으로 땀 흘려 진행하면서 그 결실에 대한 기대에 가슴이 부풀면 꿈과 희망의 꽃이 피어오른다. 따라서 일의 발견과 실천이 없는 삶은 누릴 필요조차 없는 가련한 존재, 즉 醉生夢死일 수밖에 없다.

'오늘 배우지 아니하고 내일이 있다고 말하지 말라. 세월은 나를 기다리지 않는다. 아하 늙었구나. 이 누구의 허물인고?(嗚呼 老矣, 是誰之愆)'라고 朱子가 말했듯이 시간은 비정하게 흐른다. 세월이 가면 늙게 마련이고, 늙으면 우리에게서 차례로 사라져 가는 것이 있다. 마치 늦가을에 가랑잎이 하나 둘 떨어져 바람에 날려가듯이… 그것은 친구, 일, 재산, 성욕, 지위, 미래, 희망과 꿈 등이다. 그런데 독일의 문호 괴테는 그의 72세 때의 애인 뷔드리케가 이 사라져 가는 몇 가지를 잘 받들어 지켜줌으로써 희망과 꿈을 되살려, 저 불후의 거작 파우스트를 필생의 걸작으로 완성시켰고, 숨을 거두면서도 "나에게 빛을 더…"라는 말을 남겼다. 반대로 러시아의 문성 톨스토이의 아내 타네예프는 야욕의 화신 같은 여자로서 톨스토이에게서 일을 비롯하여 소중한 것을 모두 빼앗아 버렸기에 꿈과 희망을 잃은 그는 결국 비참한 최후를 맞아야 했다. 허송세월과 권태, 생각만 해도 섬뜩한 노릇이다. 대천재 레오나르도 다빈치는 결단코 그의 타고난 재질에 의지하지 않았다. 허송과 권태보다는 차라리 죽음을 달라고 하면서 일에 몰두하여 피가 마를 듯한 노력을 중단하지 않았다고 한다.

우리 삶에는 하고 많은 일들이 기다리고 있다. 좋은 일과 나쁜 일, 쉬운 일과 어려운 일, 즐거운 일과 괴로운 일, 맑은 일과 더러운 일, 편안한 일과 위험한 일 등 헤아릴 수 없이 많다. 이 세상에서 태어나서 자라나 배우고 익히면서 꿈과 희망을 품고 살아가면서, 목적과 이상을 빛낸 다음 삶의 마무리를 잘 짓고 나서 죽음을 맞이하는 것, 이 모든 과정이 일의 연속이다. 우리는 이 갖가지 많은 일 가운데서 제가 해야 할 일을 스스로 찾아 내고 또 골라야 한다. 원대한 이상과 희망을 품되, 그의 달성을 위한 목표를 착실히 세워, 자신의 소질과 능력 및 처지에 알맞고 자기 개인의 성장과 발전은 물론, 공익에 도움이 되는 일을 발견 선택하여 始終一貫 성심껏 실천해야 할 것이다. 뜻은 높고 길게 가지고, 천릿길도 한 걸음 한 걸음 꾸준히 걸어가야 한다는 말이다. 삶은 곧 험난한 고갯길이니까…. 그리고 일에 대한 과욕과 이기는 절대 금물이다. 마라톤 경주에서 조금이라도 자기 속도에 무리와 과욕을 부리면, 결국 도중탈락이라는 비운을 당하게 될 것은 뻔하다.

淸明心이라는 말이 있다. 글자 그대로 맑고 밝은 마음이라는 뜻이다. 한 가지 일에 열중하여 힘껏 일하여 그 끝맺음을 말끔히 짓고 나서 맛볼 수 있는 홀가분한 기분 바로 그것이다. 그러기에 노동은 신성하다고까지 하지 않는가? 험한 산길을 헐떡이며 기어 올라가서 간신히 산마루에 다다라 흐르는 땀을 씻으며 사방을 휘둘러 볼 때에 얻을 수 있는 상쾌한 심정과 감동, 어쩌면 우리는 이와 같은 경지는 되도록이면 자주 체험하기 위해 살아가는지도 모른다. 그런데 사람이 사회적 동물인 인간으로서 사람답게 살아가기 위해서 일을 하지 않고, 자기 이익만을 위하고 물질적 대가만을 바라기 위해서 일을 한다면, 또 수단으로 무성의하게 시간낭비만 일삼는다면 국가와 사회 나아가서는 온 인류에 미치는 영향과 결과는 어떻게 될 것인가? 상상만 해도 등골이 오싹해진다.

21세기가 눈앞에 다가오고 있는 이 지구 위에는 첨단과학의 발달과 함께 물질만능의 풍조가 판을 치게 되고, 국가간의 경제적 생존경쟁이 날로 치열해짐으로써 지금 우리나라에도 UR협정이니 국제화니 해서 외세의 거센 파도가 갈수록 더 사나워지고 있다. 자동화로 변해 가는 문명이기의 남용으로 자라나는 청소년들의 의식구조가 편리와 편안, 利己와 安易 등 나약한 허영으로 변질되어, 어려운 일, 위험한 일, 더러운 일을 싫어하고 피하는 소위 3D현상이라는 것까지 번지고 있으니, 이 나라 이 겨레의 앞날이 憂慮千萬이다.

오랜 가뭄 끝에 고맙게 내린 비로 내가 살고 있는 이곳 경기도 광주 나뭇골의 신록은 하루아침에 더 짙게 뻗어서, 마치 육체미를 과시하는 사나이의 근육처럼 생기가 넘쳐 나를 압도한다. 개울물은 웃음 짓듯 흐르고 무논에도 물이 그득하여 개구리 합창까지 들린다. 잠자던 내 향수도 벌떡 깨어나 산 너머 남촌으로 달려가는 걸 달랠 길 없어, 녹음의 어깨춤 따라 발 닿는 대로 거닐어 본 내 마음의 한 구석에는 어느 새 명암을 엇갈리게 하는 먹구름이 일기 시작한다. 싱싱한 생명의 기운이 넘치는 산들이 지켜보는, 축복받은 이 고장의 논밭에는 사람의 그림자가 거의 보이지 않는다. 일손이 없는 탓이리라. 어쩌다가 만난 한두 사람은 흰 머리카락이 엉성하게 찌든 허리 굽은 늙은이였다. 참 낭패난 한국적 농촌 현상이다. 젊은 장정들은 너도 나도 자동차 몰고 도시로 他關으로 하릴없이 떠났고, 남은 것은 텅 빈 들판과 허약한 노인과 아낙네들뿐.

손질하고 씨 뿌려 주기를 고대하는 듯한 5월의 논밭들을 목격하고 돌아온 나는 계절의 여왕이니 뭐니 하면서 유원지 소개로 떠들어대는 TV 아나운스의 말소리와 표정이 얄밉기만 했다. 나는 착잡해진 마음을 스스로 달래 보려고 좋아하는 옛 時調를 읊조려 본다.

샛별지자 종다리 떴다 호미 매고 사립 나니,
긴 수풀 찬 이슬에 베잠방이 다 젖것다.
아이야 시절이 좋을손 옷이 젖다 관계하랴.

동창이 밝았느냐 노고지리 우지진다.
소치는 아이들은 상기 아니 일었느냐!
재 너머 사래 긴 밭을 언제 갈려 하느뇨.

아 그렇구나. 생명을 기르는 일의 소중함과 참다운 일의 값어치를 바르게 인식하고, 자연에 대한 사랑과 畏敬, 農者는 天下의 大本이라는 원리의 재확인과 그 신념을 행동화하면서 솔선수범하신 우리 조상들의 현명하신 교훈이 바로 여기에 있었구나.

나는 조용히 溫故而知新이라는 가르침을 되 내며, 이 한 목숨 다할 때까지 더 배우고 익히며 주어진 시간을 내가 할 수 있는 일로써 고맙게 활용하다가 갈 것을 다짐해 본다.

(1995. 7)

개똥 망태기

가령, 말하기를 좋아하는 어떤 친구가 때와 곳과 그 분위기에 아랑곳하지 않고 무슨 인생론 따윈가를 혼자 마구 떠들어 대면, 듣는 쪽에서는 으레 "또 시작이구나" 하며 얼굴을 찌푸리거나, "야! 그 개똥철학 그만 집어 치워." 하고 입을 틀어막을 듯이 제지하는 건 뻔한 일이다.

하지만 나는 그 소위 개똥철학이라는 용어가 퍽 마음에 든다. 왜냐 하면 삶의 진리는 번지르르하게 꾸민 말이나, 어려운 어휘를 섞어 가며 따지는 논쟁에다 유명한 사람의 말들을 함부로 인용하여 얄팍한 지식나부랭이를 널어놓는 말장난에 있지 않고, 구수한 된장 내음이나 얼큰한 생선 매운탕 맛이 풍기는 소박하고 부지런한 생활환경 속에서 땀 흘려 일하며, 관심과 성의로서 보고 듣고 생각하는 가운데서 얻는 淸明心을 맛보는 그런 경지에 있다고 믿기 때문이다.

내 조그만 방의 벽 한 구석에는 역시 자그만 그림 하나가 걸려 있다. 다정스레 어깨동무한 두 산봉우리를 배경으로 꽁꽁 얼어붙은 한겨울 첫새벽, 흙담에 안긴 초가들을 에워 감는 골목을 어슬

렁어슬렁 빠져나오는 늙은이의 모습이다. 두툼하고 허름한 핫바지 저고리 차림에 머리에는 무명 수건으로 두 귀밑까지 질끈 눌러 싸매고, 솜버선에 짚신을 신은 대다가 두 손은 반대편 소매 속으로 푹 쑤셔 넣어 팔짱을 꼈는데, 왼편 팔뚝에는 짚으로 엮은 개똥 망태기가 걸렸고 그 안에는 몽당호미가 담겨 있다. 깊이 패인 주름은 텁수룩한 수염으로 가려졌고, 입에는 곰방담뱃대가 물린 것과 짝 지어 허리에는 담배쌈지가 달랑거린다. 어슬렁걸음에 맞추어 강아지 두 마리도 함께 졸졸댄다.

늙은이는 춥고 외로운 듯하면서도 두 눈망울의 개똥 찾는 열기는 더운 입김과 담배 연기에 어울려 골목 안으로 훈훈하게 감돈다. 한참 들여다보고 있으면 곧장 달려가서 따뜻한 인사를 굽신거리고 싶어지는 정경이다. 그리고 그 그림 속의 늙은이는 내가 보통학교에 들어갈 때까지 두 해가량 할아버지와 할머니 슬하에서 자랄 때, 우리 집의 큰 머슴으로 살면서 소박과 근면과 인정스러움의 본보기 같은 어른으로 그의 넓고 따뜻한 등바닥의 체온처럼 어린 내 가슴에 스며들던 具生員의 모습으로 클로즈업 되어 내 곁으로 점점 다가온다.

그는 그때 마흔 살쯤 되었을까, 확실한 나이는 본인도 잘 모르는 태평스러운 삶이었다. 뒷날 할머니한테서 들은 이야기로는 부모형제도 없는 외톨이로서 아직 장가도 들지 못한 숫총각이라는 것이었다. 어느 때부턴가 작은머슴으로 들어온 이래 줄곧 우리 집에서 잔뼈가 굵었고, 그 많은 농사를 혼자서 묵묵히 감내해 내면서도 얼굴 한 번 붉힌 일 없이 언제나 온화한 미소로만 살아 온 堯舜 때의 사람이 틀림없다고 칭찬이 자자하였다.

어린 나에게 그의 참되고 따스함이 以心傳心으로 전해져서 아침나절부터 저녁때까지 그의 뒤만 졸졸 따라다니는 게 가장 즐거운 놀이였다. 그도 언제나 "우리 되렴(도령) 우리 되렴"하면서 그 널찍한 등에 업어주기도 하고, 지게에 담아 실어 주기도 했다. 나에게는 둘도 없는 요람이었고 도 마음 맞는 친구였다.

날마다 스스로 無言實行하는 그의 일과는 "샛별지자 종다리 떴다 호미 매고 사립 나니, 긴 수풀 찬 이슬에 베잠방이 다 젖는다. 아이야, 시절이 좋을 손 옷이 젖다 관계하랴."라는 이 옛시조에 담긴 마름 그대로 첫새벽의 개똥 줍기부터 시작되는 것이었다.

구생원의 이와 같은 성실성에 대해서는 일찍이 우리 할아버지, 할머니께서 간파하시고 밀없이 소중한 가족의 한 사람으로 여기심은 물론, 사경(年俸)도 후하게 대접하시고 또 그것을 長利로 내어 새끼를 쳐 주시는 것이었다. 외톨이의 老窮에 대비하시어…. 그 후 나도 자라서 나이 먹어 갔고, 좀 성숙해지다가 이젠 늙어 버렸다. 그러나 향기롭던 옛 추억은 갈수록 젊어지니 이게 웬일인가? 무정한 것이 시간이라지만 결과적으론 진실을 밝혀주는 건 그 세월이 아닌가?

그래서 구생원은 지금쯤 武陵桃源에서 맑은 물에 발 담그고 편히 쉬고 계시겠지….

"나 인제 일어나 가리, 내 고향 이니스프리로 돌아가리. 거기

외(猥) 엮어 진흙 바른 오막살이집 짓고, 아홉 이랑 콩을 심고 꿀
벌통 하나 두고 벌떼 잉잉거리는 숲속에 홀로 살리. 그리고 거기
서 얼마쯤의 평화를 누리리.”

이것은 아일랜드 시인 예이츠의 시 첫 연이다. 나는 이 노래를
애송하며 줄곧 푸른 꿈을 키워 왔다. 그래서 어떤 연줄로 남한산
성의 연봉이 멀리 바라보이는 여기 佑롯農園의 숲속에 살게 되어,
두 마리의 진돗개와 스무 마리의 토종닭이 밤새 갈겨놓은 건강한
똥을 새벽마다 거두면서 개똥철학을 체험하는 행운을 누리고 있
다.

비록 개똥 망태기는 없어도 몽당 빗자루와 낡은 삽으로 두엄
에 옮겨 붓는 일을 통해서 어떤 재미있는 뜻을 발견하고자 애써
본다.

물질문명의 지나친 발달로 인간정신의 타락이 가속화되어, 이
기와 허욕이 날로 더해가는 요즘 세상에 대환영받는 말들이 있다.
소위 一攫千金이니, 一擧兩得, 一石二鳥 등의 한자 숙어를 비롯하
여 꿩 먹고 알 먹고, 도랑 치고 가재 잡기 등 우리말 속어가 그것
이다. 모두 좋은 말들이다. 그러나 “부뚜막의 소금도 집어 넣어야
짜다.”라는 속담처럼 아무리 좋은 것이라도 선의로 유효하게 쓰
일 때 그 가치가 빛난다는 이치에 따라 내 일과 중의 첫 번째 일거
리인 개똥줍기를 날마다 열심히 하고 있다. 이 일을 통하여 일거
양득으로 삶의 능률과 효과 면에서 좋은 뜻과 보람을 얻을 수 있
다고 생각되기 때문이다. 시각 지키기의 名手인 토종 장닭의 새벽

알리기 울음소리에 잠을 깨어, 숲속의 맑은 공기를 한껏 들이마시며 이리저리 움직여 몸을 풀고, 개똥을 치워 청소하면 마음이 상쾌해지며, 흙의 보약인 퇴비를 묵혀 나무나 채소를 살찌게 하는데다가 가축들에 모이를 담뿍 주면 나날이 더 친숙해지니 얼마나 신나는 일이냐….

食前 두 시간의 이 활동은 나에게 식욕도 한결 더 북돋워 준다. 비록 김치와 된장국만의 반찬일망정…. 벽에 써 붙여 놓은 공자님의 "나물 먹고 물 마시고 팔을 베고 누워도 즐거움은 그 가운데 있느니라."(飯蔬食 飮水, 曲肱而 枕之 樂亦在其中也)라는 말씀의 참뜻이 실감나는 한때이기도 하여, 나의 개똥철학의 진수는 이렇게 내 삶의 활력소로 알맞게 작용되고 있는 셈이다. 그러기에 우리는 출생의 徵憑이나 건강의 카르테 혹은 殞命의 餞別이라고 할 수 있는 똥의 중요성을 재인식해야 하는 동시에, 인간이 가장 인간답게 돌아갈 수 있는 곳이오 시원한 배설 후에 어깨의 무거운 짐을 거뜬히 풀 수 있눈 곳이기도 한 측간, 곧 便所에 대한 고마움도 느껴야 한다고 생각하는 나에게는 새벽의 개똥줍기도 꽤 뜻있는 일일 수밖에….

(1993. 8)

童心이여! 어디로!

　　나는 때때로 늙음과는 반비례로 자꾸 멀어져 가는 야릇한 그리움에 깊이 잠기는 수가 있다. 그럴라치면 나는 서투른 피아노라도 치며 스스로를 달래어 본다. 그때마다 으레 버릇처럼 맨 먼저 부르는 게 '물새 발자국'이라는 童謠다. 그러면 내 마음은 저절로 물새 발자국을 따라 찾아 나서게 마련이다. 다음 노래가 우리 민요조의 '달마중 가자'로 이어지면, 나는 고스란히 童心의 세계로 빠져들고 신명마저 한껏 살아나곤 한다.그리고 좀 느린 속도의 아리랑 곡에서는 구수한 애수가 나를 사로잡았다가 '산 넘어 남촌에는'에로 이어지면 애수는 어느덧 밝은 향수로 자리를 바꾼다. 이렇게 내가 좋아하는 음악으로 그것도 동요로써 티 없는 경지를 찾을 수 있음이 얼마나 다행인가 하며 혼자 우쭐대 보기도 한다. 그리고 '먼 산타루치아'나 '돌아오라 쏘렌토로', '오 솔레미오', '아 목동아' 등으로 레파토리를 바꾸면 비로소 나 자신으로 돌아가게 된다. 곱다란 음악적 여운을 간직한 채….

　　하이얀 모래밭에 물새 발자국

바닷물이 사르르 어루만져요.
고 발자국 예쁘다 어루만져요.

해 저문 바닷가에 물새 발자국
지나가는 실바람이 어루만져요.
고 발자국 귀엽다 어루만져요.

淸淨 그대로의 정다운 노래다. 지금 내 눈앞에는 맑고 푸른 하늘과 입맞춤하는 아련한 수평선이, 내 발 아래는 은빛 반짝이는 모래알과 재롱스런 잔물결이 물새도 불러 모아 소꿉장난하는 정경이 살그머니 떠올랐다가는 사라져 간다. 아름다운 환상과 서글픈 현실이 교차하는 순간이다. 그러나 내 머릿속에는 잊혀지지 않는 그 그림이 언제나 맴돌고 있다. 동심에의 절실한 그리움이 살아 있기 때문일까.

童心! 이 얼마나 맑고 사랑스러운 거울인가. 영국의 서정시인 워즈워드가 "어린이는 어른의 아버지"라고 한 것은 참 명언이다. 어린이의 고이 잠든 얼굴은 바로 절대자의 순수와 淨潔이 어우러진 陶醉境이다.

오순도순 소꿉장난하는 분위기는 가족화목과 인간화합의 본보기고, 알몸의 물장난은 無垢의 자연이며, 추위에 얼음판에서 뒹구는 자태는 자연과의 동화이다.

또 어린이의 울음과 웃음소리는 神의 警鐘과 祝福인데, 지금

이 세상에는 동심은 어디 가고, 또 동요는 어찌하여 CM송과 광란의 작태로 바뀌어 버렸는가? 현재 우리 지구 위에는 인간들의 몰지각으로 입은 지구 자체의 상처가 병듦은 말할 것도 없고, 인체에 해로운 새 괴질이 시간을 다투어 생기고 있다. 즉, 육체와 정신을 좀먹는 병들로 갈수록 태산이다. 왜냐 하면 인간의 두뇌로 만들어진 우수한 물질문명은 우리 생활에 능률상승을 안겨다 주는 利器인 동시에 자연과 인간에게 무서운 해독을 떠넘기는 괴물이기 때문이다. 그래서 우리 인간은 우리 인간은 自繩自縛을 당하고 있는 한심한 존재로 전락하고 있지 않은가? 한 가지 예로 최첨단 전기전자기기라고 하는 컴퓨터, 비디오, 컬러 TV 등이 토하는 유해전자파가 이상한 症候를 일으키고 있다. VDT(Video Display Terminal) 症候群이 그 것이다. 특히 이것이 자라나는 어린이들에게 끼치는 해독을 생각하면 참으로 걱정스럽기 짝이 없다. 이 글을 쓰는 동안에 나는 五德(文, 武, 勇, 仁, 信)을 갖춘 닭의 해 설날을 맞이했다.

설날 아침, 만 세 살 난 손자와 함께 茶禮를 올리면서, 내 마음은 어느새 아득히 멀어져 간 어린 시절로 되돌아가고 있었다. 할아버지, 할머니 무릎에 이마를 부딪혀가며 세배를 드리던 일, 아버지 어머니를 향해 방바닥에 넙죽 엎어졌던 큰절, 一個小隊 가량의 집안 어른과 젊은이가 한마당 줄지어 올리던 茶禮, 그리고 한바탕 열기 넘치는 가족회식 등 헤아릴 수 없이 이어지는 온 집안의 團欒, 찬란한 태양 아래 마을 뒷동산에서 마구 뒹굴던 천진난

만의 搖籃, 돌아오지 않는 강물처럼 흘러 간 童心의 場이었다.

설은 또 "섬기다", "삼가다"의 마음가짐으로 조상과 어른을 섬기고 天地神明께 감사드리며, 어렵고 고된 일을 극복하고 위태로움이나 옳지 못한 일을 삼가면서, 人生競走의 시발점에 거뜬히 서는 날이다. 지나치게 먹고 놀며 겉치레로 허송하는 날은 결코 아닐 것이다. 그래서 우리 고유의 가정교육의 한 가지로 정월 대보름날에 특히 사내아이에게 내리는 아홉 치레가 있었다. 이 날에 나무도 아홉 짐, 새끼도 아홉 발, 빨래도 아홉 가지, 삼도 아홉 바구니, 매도 아홉 번, 심부름도 아홉 번, 이렇게 아홉 치레로 한 해를 시작하면 어떤 궂은 일, 힘드는 일, 위태로운 일이라도 수월하게 이겨낼 수 있고, 또 소박한 동심도 고스란히 예쁘게 길러졌던 것이다. 이 또한 얼마나 뛰어난 교육의 장이었던가?

이 拙文이 끝맺어질 며칠 앞에 대보름날이 다가오고 있을 것이다. 동녘 산마루에 환한 새악씨 같은 얼굴을 내미는 보름달. 생각만 해도 내 마음은 벌써 동심으로 돌아가 버린다.

오늘은 대보름날 달마중 가자.
갑사댕기 딸딸이고 달마중 가자
동무들아 똘똘이야 다 함께 가자.
뒷동산에 올라가 달마중 가자.

대보름날 아침, 복조리 들고 오곡밥 얻으러 마을 집집을 돌던

일. 뒷동산에 달집 짓고 달맞이하던 놀이 등 동심에의 回歸作用으
로 되살아나는 추억의 각 가지다. 시간과 세월은 무정하게 흐르고
바뀐다. 따라서 이 한 몸도 모습도 늙고 변해 간다. 그러나 언제까
지나 생생한 나의 그리움과 낭만과 순수 앞에 숨바꼭질하는 苦樂
과 幸 不幸을 달게 받으며 걷는 나는 또한 삶의 어리석은 길손일
수밖에…. 그래서 다음의 拙詩로 이 글을 마무리 짓기로 한다.

幸福問答
— 돌아오라 물새 발자국아

꼭 스무 해 만인가
그래도 여기 낯익은 바닷가에 서다.

짓밟힌 모래밭엔
물새 발자국 흔적 없고

거품 보글거리는 썩은 물 위에는
빈 깡통 하나 멋쩍게 일렁이누나.

하늘은 시방 얄궂게 찌푸렸지만
수평선 저 한 군데만
햇살이 환하네.

저기 햇볕 따라 모인

물고기야 즐겁느냐

너흰 행복하느냐

물새 찾아 나선 나는 지금

눈시울 뜨거워지는데

눈물을 삼키는데,

아, 바다야 바다야

흘러간 내 바다야.

(*1989. 9)

만남의 美學

　　만남은 참 반갑고 즐거운 일이다. 사람과 사람과의 만남, 사람과 자연과의 만남, 또는 어떤 역사적 사실이나 어느 故人과의 만남에도 그 바탕에는 항상 포근한 그리움의 싹이 움터 있어야 한다. 그 싹이 차차 따스한 정으로, 뜨거운 사랑으로 자라서 무르익으면, 어느 새 강력한 引力이 발동하여, 자기도 모르는 사이에 서로 당기고 이끌리기 시작한다. 그래서 어떤 어려움을 무릅쓰고라도 달려가서 기어이 만나보고야 마는 이것이 진짜 만남일 것이다.

　　뉴턴이 발견한 萬有引力도 달리 생각해 보면, 우주의 아름답고도 가슴 죄는 사랑의 작용이라 할 수 있다. 독수리座의 으뜸별인 牽牛星이 거문고座의 으뜸별인 織女星을 한 해에 단 한 번 七夕 날에 은하수에서 만나는 것도 별들의 애절한 사랑의 熱病이 아닐까? 견우와 직녀가 은하수를 사이에 두고, 만나기 어려운 지경에 빠져서 태우고 있을 때, 까막까치들이 이 딱한 정경을 보다 못해 모두 모여서 銀河에 다리를 놓아 주었다는 烏鵲橋의 이야기도, 그리움과 사랑의 만남에 관한 눈물겹도록 아름답고 향기로운 환상의 세계다. 밤낮 얼굴을 마주 대할 수 있는 예사로운 관계 같으면 미소 띤 눈인사로도 덤덤히 대할 수 있겠지만, 보고 싶은 사람과의 거리나 사정이 갈수록 반비례의 도가 심해지는 경우에는 그리움의 농도가 상승을 더하여, 열렬한 사랑으로 승화된 감동적인 시마저 탄생하는 낭만의 장이 펼쳐질 것이다. 우리는 여러 가지 만남 중에서도 이런 만남의 경지를 갈망하는 때를 자주 겪을수록 삶의 보람도 더 즐겁게 맛볼 수 있지 않을까?

만남에는 사적인 경우와 공적인 경우, 자의와 타의, 직접과 간접, 개인과 집단, 순수와 타산, 好奇와 발견, 탐험과 탐사, 연구와 실험, 기대와 욕구 등 여러 경우, 형식, 내용, 기분, 심정, 분위기 등에 따라 차이가 생긴다는 사실을 우리는 알고 있고, 또 뜻밖의 만남, 우연한 만남이 있는가 하면, 예정대로 짜여진 만남이나 강요된 만남도 있음을 알고 있다. 참으로 좋은 만남이 이루어지려면, 먼저 제 마음의 거울부터 들여다보아야 한다. 티 없이 맑은 마음으로 상대방을 반기고 위하는 심정. 물론 이것은 본능처럼 자연적으로 풍겨 나와야 한다. 어떤 계산이나 선입관 혹은 이중성, 잠재의식이 깔려 있는 심리작용은 순수한 만남을 위해서는 단호히 배격되어야 한다. 그런 짓은 상행위나 謀議 혹은 정치협상에서 더러 쓰이는 술수에 지나지 않으니까….

나는 언젠가 이런 말을 들은 적이 있다. "하나의 성냥개비가 켜졌다가 꺼지는 그 순간은 저 우주의 별과 별이 만나 사랑을 나누는 순간의 길이와 같다"는. 이 성냥개비의 불은 石硫黃의 마찰로 일어나서 나무개비에 옮겨 붙는다. 그러나 이 만남은 어이없게도 너무나 짧게 끝나 버린다. 만나고 헤어짐은 이를 데 없이 허전하다. 그래도 별들의 사랑에까지 비기어 미화해 주는 일은 얼마나 대견한 일이냐?

이와 같이 만남은 이별을 동반하고, 이별은 만남을 기약하고 고대한다. 이건 우리가 살아 있는 동안에는 피할 수 없는 멍에다. 아니, 멍에란 말보다도 萬海 韓龍雲 님의 시를 빌려서 해명해 보는 것이 낫겠구나.

"만나고 이별이 없는 것은 님이 아니라 나입니다. 이별하고 만나지 않는 것은 님이 아니라 길 가는 사람입니다. 우리들은 님을 만날 때는 이별을 염려하고, 이별할 때는 만남을 기약합니다. 그것은 맨 처음에 만난 님과 님이 다시 다시 이별한 遺傳性의 흔적입니다. 그러므로 만나지 않는 것도 님이 아니요, 이별이 없는 것도 님이 아닙니다. 님은 만날 때에 웃음을 주고, 떠날 때엔 눈물을 줍니다. 만날 때의 웃음보다 떠날 때의 눈물이 좋고 떠날 때의 눈물보다 다시 만나는 웃음이 좋습니다. 아! 님이여, 우리의 다시 만나는 웃음은 어느 때에 있습니까?"

참 애달픈 일이다. 그러나 生者必滅이니 會者定離니 하는 이 자연법칙을 다른 각도에서 생각해 보면, 그것은 150억 년 전의 대폭발로부터 시작되었다고 하는 우주의 생성과정이나 인류의 긴 여로, 즉 사람이 지구상에 생겨나서 진화 발전해 온 경로를 살펴보아도 生死, 離合, 集散의 되풀이였다.

우리는 여기서 비관론은 잠시 멈추고, 낙관적으로 사리를 판

단해 보자. 우리의 죽음이나 이별은 생명체의 신진대사며 세대교
체이고 자연의 섭리에 순응하고 이바지하는 길이다. 그리고 자라
나는 자손들이나 후진들을 위하여 알맞은 시기에 제자리를 깨끗
이 비워 주는 게 바른 도리가 아니겠는가?

　우리는 또 직접적 만남 이외에 간접적 만남도 자기의 마음가
짐과 노력여하에 에 따라 얼마든지 경험할 수 있다. 아무리 만나
고 싶어도 이미 유명을 달리 했거나, 오가기가 매우 어려운 먼 곳
에 있거나, 또 역사적 인물과 사실 등은 독서나 筆跡 鑑賞을 통하
여 우리는 감격적인 만남을 할 수 있다. 만남은 또 호기심과 기대
에 불을 붙인다. 미지의 상대나 대상에 대한 기대나 호기심은 짜
릿한 흥분까지도 자아낸다. 혼인을 위한 선보기, 입학식 전날, 새
직장에의 부임 전날 등이 그 좋은 보기가 될 것이다.

　만남은 참 반갑고 소중한 일이다. 하지만 이별이 꼭 뒤따르는
덴 어쩌랴, 달게 받아야지….

가장 위대한 삶의 마라토너

"나물 먹고 물 마시고 팔을 베고 누웠어도, 즐거움은 그 가운데서 우러나오느니라(飯蔬食飮水, 曲肱而枕之, 樂亦在其中也)."

"바른 길이 아닌 의롭지 못한 방법으로 누리는 부귀영화란 하늘에 뜬 구름과 같아, 아무 가치도 없는 것이니라"라고 한 공자님의 인생관은 음미할수록 깊은 맛이 더 진하게 나는 훌륭한 가르침이다.

삶의 과정이 짧거나 길거나 간에 유한함은 말할 것도 없지만, 삶을 누리고 사는 동안의 우여곡절(迂餘曲折)이란 마치 대양의 거센 파도나 고산준령(高山峻嶺)의 연봉(連峰)처럼 희비애락(喜悲哀樂)의 고비가 끝까지 번갈아 이어지는 험난한 마라톤 코스다. 이는 바로 내구경주(耐久競走)다. 그런데 그 치열한 인생경주의 시발점에서, 자기가 달려갈 코스를 배정받기 위해서는 먼저 험한 일, 힘든 난관, 위험한 고비 등 괴로움과 어려움을 이기고 견뎌야 한다. 글 첫머리에 내건 공자님의 말씀이나, 애제자(愛弟子) 안회(顔回)를 칭찬한 대목, "한 소쿠리의 밥과 한 표주박의 물을 먹고 마시며, 더러운 거리에 사는 것을 다른 사람은 싫어하고 마다하는

데, 그대는 그 어려움을 즐거움으로 삼는 것을 마다하지 아니하니, 현명하도다! 훌륭하도다! 안회(顏回)."라고 한 말씀은 괴롭고 고달픔이 많은 인생살이에 임하는 굳건한 정신자세 즉 인내, 극복, 극기의 마음가짐을 다짐한 뜻이다. 요즘 우리 국민들 사이에는 특히 젊은 층들 가운데에, 어디서 흘러들어 왔는지 3D 곧 더러운 일(Dirty), 어려운 일(Difficult), 위험한 일(Dangerous)을 기피하는 망국지풍조(亡國之風潮)가 만연하고 있다고 하니 참 한심하고 걱정스럽기 짝이 없는 일이다.

다음으로 이 삶의 경주를 위한 목적과 목표의식이 확고하고 뚜렷해야 한다는 뜻을 공자님은 "아침에 바른 도리를 듣고 깨달았으면, 저녁 때 죽어도 좋다(朝聞道, 夕死可矣)."라고 표현했으니, 이는 어쩌면 처절하리만치 빈틈없는 목적의식에서 우러나온 것이리라. 그러기에 "나의 길은 오직 외길이라, 처음부터 끝까지 한결같이 관철해 나갈 뿐이다(吾道一以貫之)."라고 했는데, 그의 위대한 철학을 성실하게 실천하여 인류의 귀감(龜鑑)으로 만세에 빛나고 있는 것도 이 때문일 것이다.

사람은 세월의 흐름에 따라 성장하고 성숙해 가는데, 이것은 생명을 가진 생물의 자연섭리 현상이다. 공자님은 이 자연의 이법(理法)에다 사람만이 가진 슬기와 사고력을 잘 조화시켜, 만물의 영장다운 올바른 사람으로 자라나는 멋진 인생코스와 단계를 설정하여, 몸소 실천 시범함으로써 교육의 진수를 밝히시며, "내가 열다섯 살에 배움에 뜻을 두어 설흔 살에 인생관을 확립하고, 마흔 살에 학문에 대한 뜻과 삶의 주관에 흔들림이 없어지고, 쉰 살에 천명을 깨닫게 되어, 예순 살에는 모든 말이 귀에 순하게 들려 거슬리지 않게 되고, 일흔 살에는 마음나는 대로 하여도 법도에 어김이 없게 되었노라(吾 十有五而 志于學 三十而立, 四十而不惑, 五十而 知天命, 六十而 耳順, 七十而 從心所欲不踰距).”라고 하였다.

이 또한 얼마나 훌륭한 인생설계며 삶의 놀라운 진행인가. 삶이라는 마라톤에는 심신의 끊임없는 단련과 수련이 따라야 함은 두말 할 필요도 없다. 그래서 공자님은 목적과 목표달성을 위한 쉴새 없는 노력을 다음과 같이 역설하였다. 즉 “배워서 생각하지 아니하면 배운 게 허사가 되고, 생각만 해서 배우지 아니하면 자신이 없어서 불안하고 위태로우니라(學而不思則罔 思而不學則殆).” “배우고 때로 이를 익히면 또한 즐겁지 않으리오(學而時習之 不亦悅乎).”

미완성에서 완성에 이르는 중단 없는 배움과 익힘, 반성과 극기, 바로 이것이 삶의 보람이라는 것이다.

우리가 살아가면서 빠지기 쉬운 함정 가운데 하나는 자만과 허세인데, 이것만치 어리석고 못난 짓이 또 있을까? “벼는 익을수록 고개를 숙인다.”라는 우리 속담에 담긴 깊은 뜻을 우리는 곰곰이 되새겨 볼 일이다. 공자님도 이를 탓하시어 다음과 같이 가르쳤다. “자산(子産)에게 말하기를 군자(君子)의 도가 네 가지 있는데, 몸가짐을 항상 공손히 하며, 윗사람을 공경하고, 아래의 백성 기르기와 부리기를 은혜와 의(義)로 하느니라.”

역시 겸손과 의가 제일이라는 점을 역설한 말이다.

또 하나 육상 마라톤경주에서 꼭 지켜야 할 일은 자기속도(自己速度)를 잘 유지하고 조절하며 달려야 한다는 것이다. 과욕과 무리는 절대로 금물이다.

이와 마찬가지로 인간생활에도 생활속도가 있다. 자기의 속도를 제 능력과 조건에 알맞게, 다시 말하면 흐르는 물과 같이 적응할 줄 아는 삶이라야 유종(有終)의 미(美)로 생을 장식하는 마무리가 가능하다는 뜻이다. 그래서 공자님은 인생 레이스를 배움의 마라톤으로 일관하였다. 그는 말하기를 "내가 일찍이 하루 종일 먹지 아니하고, 밤이 새도록 잠 자지 아니하고 생각에 잠겨 보아도 이로움이 없는지라, 배움보다 나은 것이 없음을 깨달았도다."

그리고 그는 그의 철학과 교훈을 그 삶의 위대한 마무리와 함께 다음과 같은 말로써 끝을 맺었다. "천명을 알지 못하면 군자가 될 수 없고, 예를 알지 못하면 사람으로서 바르게 입신할 수 없으며, 옳은 말을 알지 못하면 참된 사람을 만나지 못하느니라."

그렇다.

사람은 자기에게 주어진 유한한 생명의 가치를 음미하며, 끝까지 배우고 깨닫고자 하는 가운데 사나운 파도처럼 엄습하는 고뇌를 인내와 자율로써 극복하는 보람을 맛볼 수 있는 자그마한 영원을 살아가는 현재진행형(現在進行形), 이것이 인생이라고 단정한다면 이는 나의 지나친 옹고집일까?

지금 이 졸문을 끝맺으려는 이 시각에도 내 눈앞과 귓전에는 바로셀로나의 하늘에 휘날리는 우리 태극기와 지중해 수평선 너머로 울려 퍼지는 애국가의 드높은 메아리가 맴돌고 있다. 영원히 잊지 못할 감격이다. 제25회 지구촌 최대의 제전 올림픽에서 제1호의 영광 금메달을 명중시킨 열여덟 살의 여고생 여갑순(呂甲順)이여! 장하도다. 그대 피땀의 결실이 영롱하구나. 그러나 그보다 몇 갑절이나 더 보배로운 그대의 한마디 말을 우리 온 국민은 죽음이 올 때까지 잊지 말고 명심해야 하겠다.

  "나의 가장 두렵고 강한 적(敵), 곧 상대는 바로 나 자신(自身), 또 하나의 나였다."

무관심 속에 파묻혀 가는
역사적 진실과 교훈

— 상촌(桑村) 할아버지의 殉國盡忠

"한평생을 오직 충효(忠孝)의 일념으로 살아 왔는데, 오늘날 뉘가 이 내 뜻을 알리오. 다하지 못한 한(恨)을 죽음으로써 풀려는데, 구천(九天)에는 알아 줄 이 계시겠지(平生忠孝意 今日有誰知 一死吾休恨 九原應有知)."

피 맺힌 절규가 내 귓전을 때리더니 육신마저 뒤흔든다. 殉國盡忠의 결의로 현세의 온갖 영화와 유혹을 뿌리치고, 國朝의 망함이 모두 당신의 숱責任인 양 짊어지시고 "내가 죽은 후에는 무덤도 쌓지 말며 아무런 흔적도 남기지 말라."라는 한마디를 아들에게 남기고 홀로 北向四拜한 다음 장렬한 自盡을 결행하신 이곳 이 자리. 바로 경기도 광주군 오포면 신현리 台峴, 곧 태재 고개다. 불과 오륙십 년 전까지만 해도 뜻있는 후손들의 손으로 그 충혼을 추념하고 불멸의 역사적 교훈을 후세에 길이 빛내기 위하여 세워진 상촌공(桑村公) 김자수(金自粹) 절명사(絶命詞) 기념비가 서북면 쪽으로 시원스레 확 트인 분당 일대의 온화한 들판과 논밭 그리고

띄엄띄엄 흩어져 평화롭게 자리 잡은 마을들을 미소 띤 듯이 내려다보고 있었다.

그 사세시비(辭世詩碑) 뒷면에는 『한 民族이 나라를 일으켜, 永遠한 興旺을 圖謀하는 데 그 根源이 되는 위대한 精神의 氣槪와 節義를 떠받들고, 힘으로 용솟음치게 하는 自覺과 不滅의 實踐 實證을 필요로 한다. 이는 어떤 역사의 斷片이나, 그 政體의 君主와 民主를 뛰어넘는 不變의 眞實이며 人類의 大道임은 말할 것도 없다. 여기에 그 시대를 뛰어넘고 역사의 屈折을 꿰뚫은 기개와 大義와 殺身의 至節을 萬代에 빛낸 이가 있으니, 바로 朝鮮 太宗 13年 癸巳 1月 4日 絶命詞를 남기고, 易姓新朝의 出仕와 强命을 거부하며, 廣州 新峴里 上台에서 享年 63歲에 스스로 毒杯를 마심으로써 轍天 强烈한 高麗朝 忠淸道觀察使 桑村公 金自粹이시다. 그의 忠節은 世宗 때의 政丞이었던 尨村 黃喜의 「효도하고 충성하기 어렵고, 충성하고 효도하기 어려운데, 이 둘을 다 겸하시고도 하물며 자결의 어려움도 겪으셨구나(有孝有忠難 有忠有孝難 二者旣之得 況又殺身難). 」 이 曲盡한 輓詞로도 오히려 不足한 위대한 정신이며 凜烈한 節義였음을 讚嘆하지 않을 수 없게 한다.』라는 추도문이 새겨져 있었다.

참으로 거룩한 역사적 귀감이요 빛나는 민족적 충혼탑이었다.

그런데, 그런데 말이다. 1994년 2월 현재 내 衷情의 歸依處였던 우리 상촌공 할아버지의 사세시비는 흔적도 없이 철거돼 버렸다. 무참히 파헤쳐진 빈 자리를 목격한 순간, 나는 말문이 막힐 정도로 놀랐고, 가슴을 헐뜯을 듯이 분개통탄하였다. 도대체 어떤 자가 이런 무도한 짓을, 천벌 받을 노릇을 저질렀단 말인가? 소위 현대적 개발과 인구분산 및 생활편의를 꾀하는 정책적 구현이란 핑계로 부드럽고 아름답던 산과 들과 논밭을 참혹하게 파뭉개고 도려내어 피비린내 나는 상처를 다시 돌가루(시멘트)로 처바르고 땜질하여 만들어진 살풍경한 고층 아파트 숲들. 구렁이등어리처럼 이리저리 꿈틀거리는 페이브먼트(鋪裝道路). 그 위를 기어다니는 독거미 같은 자동차들. 참 아연실색할 인공적 괴물(怪物)로밖에 여겨지지 않아 나를 슬프게 한다.

분당 신도시 개발공사가 착공되기 몇 년 전부터 성남시에 살게 된 나는 우리 어머니께서 잠들어 계시는 광주군 오포면 소재 성남공원묘지를 수시로 찾을 때마다 신현리 태재고개를 넘나들며 자랑스러운 상촌공 할아버지의 시비에 참배 드리는 일을 나의 으뜸가는 자랑과 보람으로 믿어 왔다. 때론 내 애용하는 자전거를 끌고 숨 가쁜 고개를 올라가서, 그 시비 곁에 앉아 분당일대의 들판을 내려다보며 땀을 식히고, 할아버지의 말씀을 마음으로 듣는 게 가장 즐거운 일이었는데, 마음의 귀착점을 잃은 나에게는 직계 후손으로서 아니 겨레의 한 사람으로서 삼가 섬기지 못하고 지키고 돌보지 않았던 자괴와 자책만이 내 어리석은 심장을 때릴 뿐이었다. 다만 한 가지 내 마음 아픔을 달래주는 것이 있다면, 맨 처음 상촌공 할아버지의 사세시비를 찾아 참배했을 때 시비의 銘文을 정성들이 베껴서 서툰 붓글씨로 等身大의 액자를 만들어 놓은 일이다. 나는 그것을 자자손손 家訓으로 남길 작정인데, 저승에 계신 할아버지께서도 웃으시며 용서해 주시겠지.

慶州金氏 桑村派 派祖이신 桑村公 金自粹 할아버지에 대한 나의 절실한 추모의 정은 10여 년 전에 성남시 중앙시장 근처에서 아내가 구멍가게를 열게 되어 함께 도우면서, 아버지께서 생전에 정리해 두셨던 우리 家系譜를 틈틈이 한글로 번역하는 작업을 계기로 불붙기 시작했다. 그러나 그 고귀하고 강렬한 뜻과 삶을 너무 뒤늦게 알게 된 송구함에 몸 둘 곳을 몰라 하고 있던 차에, 1987년 4월 10일자 조선일보 조간을 새벽에 펼치다가, 인사동 정란에서 민족문화추진회장이고 국문학자인 金東旭 선생께서 주동하서 桑村公 辭世詩碑 除幕行事를 4월 11일 경기도 광주군 오포면 신현리 태현 고개에서 갖는다는 기사를 본 순간, 나는 정작 상촌공 할아버지를 만나뵌 것 같은 반가움과 기쁨에 휩싸인 흥분에 떨었던 것이다. 만사를 제치고 달려가 참례할 생각은 간절했으나, 낯선 고장이라 아직은 그곳 지리에도 밝지 못한데다가, 족보에 적힌 新沙洞 秋嶺이라는 곳과 신문에서 읽은 신현리 태현고개라는 지명에 혼동을 일으켜, 결국 그 날에 불참하는 결례를 범하고 말았다. 그 후 어느 화창한 날, 마침 '자전거'라는 제목으로 아버지를 그리는 시를 지어 본 터라, 어머님이 계시는 성남공원묘지를 찾기로 했다. 버스 편으로 성묘 다닐 때는 예사로 지나쳤던 분당 뒷산 고갯길을 자전거로 이용한 덕으로 도중에서 묻고 물어 태재고개라는 곳이 확인되었고, 그 고개 바른 편 산자락에 아담하게

세워진 당집과 말쑥한 시비를 찾아낼 수 있었다. 나는 어린이처럼 두 팔을 벌리고 넘어질 듯 달려가서 와락 비석을 끌어안았다. 살아계시는 할아버지께 응석부리듯 볼을 비벼댔다. 차가운 돌인데도 오히려 따스하게 느껴졌으니 이게 핏줄의 충정이 이심전심으로 감축된 게 아니고 무엇이랴. 그리고 이 감격적인 만남은 여기서 얼마 떨어지지 않은 곳에 누워계시는 어머님의 음덕으로 이루어졌음이 틀림없다고 생각하며 새삼스레 경건하게 고개 숙였다.

　뿌리 없는 줄기와 가지가 있을 수 없고, 어버이 없는 자손이 존재할 수 없으며, 역사적 진실을 밝히고 선조의 피와 땀이 밑거름이 된 전통문화의 빛냄이 없이는 민족, 국가의 번영과 영원성은 매우 의심스럽다. 溫故而知新이라는 공자님의 말씀이 있다. "옛것을 찾아 밝히고 그리고 새롭고 좋은 것을 배우고 익혀야 한다."라는 뜻이다. 조상을 숭배하는 일과 그 위업을 배우고 이를 발전시키는 노력은 물론, 선배를 존경하는 일도 溫故이며, 이런 마음가짐과 배움을 밑바탕으로 새로운 것, 더 좋은 것을 진취와 적극성을 가지고 갈고 닦아야 하는 게 知新이다. 21세기를 눈앞에 바라보고 있는 우리는 바야흐로 국제화 개방화의 물결이 소용돌이치는 한가운데에 떠 있다. 정치적으로는 말할 것도 없거니와 특히 경제면에 있어서는 세계무역 상호협조 방안, 즉 UR이 타결되어 선진대국과의 경제전쟁에 돌입한 비상사태의 와중에 놓여졌다. 하지만 우리는 더욱 정신을 단단히 차려서 제 것이 가장 좋고 중요하다는 이치를 잊어서는 안 된다. 조상께서 물려주신 역사적 교훈과 민족

적 슬기를 되살려서 자신감과 은근과 끈기로 거센 파도를 헤쳐 나
아가야 한다.

유난히도 눈이 자주 내리던 癸酉年 동장군도 서서히 물러나
고, 甲戌年 봄처녀가 살금살금 다가오고 있다.

나는 멀리 남쪽 산마루를 바라보며 분당신도시 개발 이전의
태현 고개에서의 상촌공 김자수 할아버지의 絶命詞詩碑 언저리
의 어느 봄날을 떠올려 본다. 둘레의 소나무들은 새봄의 훈기로
물 오른 줄기와 가지들이 상록의 절개를 한껏 자랑하고 있었고,
겨우내 말랐던 금잔디는 끈질긴 생명력으로 파릇파릇 웃음 짓는
것이었다. 나는 상촌 할아버지의 시비와 함께 역사의 진실과 허실
을 비롯한 숱한 이야기를 나누며 요람 속의 꿈 같은 봄날의 한때
를 즐겼는데….

지금은 개발이란 미명 아래 비정하게 파헤쳐진 산허리와 殺身
盡忠의 불후의 상징인 辭世詩碑마저 파괴된 태재고개에서 憂國
衷情에 잠긴 채 쓸쓸히 맴돌고 계실 상촌공 할아버지의 고혼을 생
각하면, 후손으로서 책임을 다하지 못한 나 자신을 부끄러워하는
동시에, 역사적 진실과 교훈에 너무나 무관심하고 무식한 자들을
두고두고 꾸짖고 싶은 마음을 달랠 길 없구나.

(1994. 3)

흙을 찾아 길을 걷자

南漢山城 줄기의 지맥의 하나인 靈長山 기슭에 살고 있는 나는 그 산마루를 우러러볼 때마다 여기서 태어난 손자 손녀들을 위하여 "아가들아, 저 뫼의 정기를 입어 건강하고 예쁘게 그리고 소박하게 잘 자라다오."라고 비는 마음이 우러나오곤 해서, 새벽마다 이 산길을 오르내리는 일이 어느 새 버릇처럼 되어 버렸다. 이 산의 정상 가까이에는 望京庵이라는 조촐한 절이 있는데, 옛날 어느 王子가 몸이 허약해서 왕명으로 수양을 겸해 치성을 드리기 위해 홀로 이 절에 보내져서 외로이 지내게 되었다는 이야기가 전해오고 있다. 그런데 나이 어린 왕자는 날이 갈수록 멀리 보이는 北漢山과 王宮이 그리워, 날마다 그쪽을 바라보며 눈시울을 적셨다는 애절한 사연이 연유가 되어, 망경암이라고 불리게 되었다는 것이다. 과연 그 절에서 북쪽을 내다보면 서울 전경이 가물가물 눈 안으로 들어오는데, 누구라도 애타는 향수에 잠길 만한 자리라고 여겨져, 내 마음도 자연스레 그곳으로 끌려가서 애착이 날로 깊어 가는 것이었다.

산뜻한 새벽 공기를 허파 가득히 들이마시면서 나무들의 숨소리와 오솔길의 잡초 향기와 흙내음을 즐기며 걷는 맛이란 어떤 요

기꺼리와도 바꿀 수 없는 진미였다. 그런데 아내가 모란고개라는 데서 구멍가게를 차리는 바람에, 나도 巷間으로 파고 들어가서 실학 공부를 체험해 보겠다는 뜻에 불이 붙어 뛰어들기로 했다. 그래서 망경암 오솔길과도 사이가 점점 멀어지게 될 수밖에 없었다.

그 후 몇 년인가. 해와 달이 잘도 흘러간 것과 더불어 세상도 인심도 괴상하게 변해버렸다. 市井 風塵에 휩싸여 애쓴 나의 실학 공부와 보수적 옹고집은 밀물처럼 밀어닥친 物質爲主 外來新風의 범람 때문에 바람 앞의 등불처럼 가냘픈 지경이 돼 버렸다.

오랜만에 자유로운 몸이 되어 정다웠던 오솔길을 찾았을 때, 그렇게 아끼고 사랑했던 그 산길이 콘크리트로 흉하게 깔려 덮였고 산허리나 나무들도 상처투성이로 병색이 완연했는데, 거기다가 자동차와 오토바이가 시커먼 배기가스를 마구 토하며 오르내리는 참상. 산과 나무들의 신음이 내 심장을 때리는 아픔이었다.

오직 自己壽命延長을 위해서만 산책 나와 거의 산과 나무와 흙은 외면한 채 배낭 가득히 산의 피땀과도 같은 약수인지를 짜내어 짊어진 꼬락서니들은 새벽에 되살아난 드라큘라보다 더 얄밉고 우스꽝스럽기까지 하다.

그리고 세상 풍조와 인심이 이런 꼴로 자꾸 타락해 가는 꼴을 목격한 내 가슴에는 환멸과 비애만이 안겨 올 뿐이었다. 하지만 나는 그 길에 깔린 콘크리트 바닥 가로 사람의 발자국이 보이지 않는 나무 사이로 흙을 찾아 낙엽을 밟으며 나만의 길을 걷기로 마음을 가다듬었다. 그래서 오늘도 그 길을 걷고 있다.

흙에는 지구의 체온이 담겨 있고 길은 그 따스함에 실려 끝없이 뻗는다. 생명이 있는 곳에 체온이 감돌고 체온이 미치는 데에 건전한 삶이 펼쳐진다. 삶은 곧 길이다. 길을 걷는다는 것은 자기에게 주어진 유한한 목숨을 보람 있게 꾸준히 활용하는 작업이다. 그 길은 흙을 떠나서는 삶을 값지게 누릴 수 있는 길다운 길이 될 수 없다. 흙을 밟으며 길을 걸을 때는 하늘과 바람과 물과 나무를 사랑하게 되고, 지나가는 낯선 사람에게도 눈인사와 미소를 건네고 때로는 포근한 대화도 나누며 간다.

우리 겨레는 본디 한가와 너그러운 마음을 가지고 자연을 관조하는 가운데, 고상한 취미가 가꾸어지고 조화 있는 내적 생활, 고귀한 예술적 생활, 존엄한 윤리적 생활을 즐겼다. 또 우리 백성들은 거의가 농경생활로 흙에서 살았다. 그래서 農者를 天下大本으로 삼았던 것이다.

소박하고 구수한 농가생활에는 피와 땀이 가득 담긴 맛과 멋이 어리어 있었고, 깊이가 있는 생활풍토와 삶의 진리와 신바람이 무르익어 있엇다.

「농부의 힘드는 일 가래질 첫째로다.

점심밥 豐備하여 때맞추어 배불리소.

일꾼의 妻子眷屬 따라와 같이 먹세.

농촌의 후한 풍속 斗穀을 아낄소냐.」

(＊ 따뜻하고 푸짐한 정과 마음, 그리고 가족적 유대와 자율적 협동)

「물꼬를 깊이 치고 도랑 밟아 물을 막고.

한편에 모판하고 그 남아 살미(삶이)하도,

날마다 두세 번씩 勤勤히 살펴 보소.

약한 싹 세워 낼 제 어린아이 보호하듯

百穀中 논농사가 泛然하고 못하리라.」

(＊ 참다운 자연애호)

「浦田에 서속이오 山田에 豆太로다.

들깨모 일찍 붓고 삼농사도 하오리라.

좋은 씨 가리어서 그루를 相換하소.

보리밭 매어 놓고 못논은 되어(되갈아) 두소.」

(＊ 주어진 시간 및 공간의 활용과 생명(씨앗)의 가꿈)

「들농사 하는 틈에 治圃를 아니 할까

울밑에 호박이오 처마 가에 박 심으고

담 전처에 冬芽 심어 架子하여 올려보세.

무우 배추 아옥 상치 고추 가지 파 마늘을

색색이 분별하여 빈 땅 없이 심어 놓고

갯버들 베어다가 개바자 둘러막아

鷄犬을 방비하면 자연히 무성하리.」

(＊ 빈 터의 이용과 부지런하고 세심한 돌봄)

「외밭은 따로 하여 거름을 많이 하소.

농가의 여름 반찬 이밖에 또 있는가.

뽕눈을 살펴보며 누에 날 때 되겠구나.

어화 부녀들아 蠶農을 專心하고

蠶室을 灑掃하고 諸具를 준비하니

다래끼 칼 도마며 채 광주리 다발이라.

각별히 조심하여 내음새 없이 하소.」

(＊ 부녀자의 부업과 알뜰한 살림 준비, 즉 유비무환의 정신)

위에 적은 것은 丁學游 선생이 지은 가사문학의 白眉인 農家月令歌 四月令이다. 씹으면 씹을수록 구수한 맛이 더 우러나는 누룽지 맛이다. 이것이 진짜 우리 맛이요, 우리 삶의 바탕이다. 흙내음도 물씬거리니까 말이다. 溫故而知新이란 가르침을 되새기며, 지금 이 시각에도 편리주의, 안이주의, 적당주의에 의해 홍수에 휩쓸리듯 떠밀려가는 우리 정신의 알맹이를 바로 붙잡아 되살려야 하겠다. 옛것과 새로운 것의 좋고 나은 점을 잘 가리어 교통정리를 해야 한다.

흙이 죽으면 지구도 따라 숨진다. 인간이 만든 무서운 전쟁무기나 편리하다고 마구 사용하는 생활용품들 모두가 자연과 사람과 지구까지도 죽이고 있다. 영리하면서도 어리석은 게 인간이다. 사람들아 흙 밟으며 땀 흘리고, 성실로써 자기의 허욕을 이겨 내자꾸나.

"여기 한 사나이 누웠으니, 애써 글 읽고 하늘과 바람과 물과 나무를 사랑하고 사람도 사랑하였으되, 성실 있기 힘듦을 보고 가노라."

이것은 어떤 이의 묘비명이다. 내 묘비에도 이렇게 새겨진 데다가 "흙을 찾아서"라는 한마디만 더 보태어진다면 좋으련만….

어쩐지 陶淵明의 歸去來辭와 예이츠의 이니스프리의 湖島가 간절히 생각나는구나.

나의 사랑 이야기

　　포근한 요람에서 떨구어진 병아리처럼 내 마음은 이별의 슬픔으로 오들오들 떨고 있었지만, 겉으론 태연한 채 제법 명랑하게 굴면서 종형(從兄)과 형수들 틈에서 이야기꽃을 피우며 나는 전차의 한구석을 차지하고 있었다. 1942년 5월, 일본의 수도 한복판을 달리는 전차 안이었다. 내 신경의 한 줄기와 시선은 큰 갓 아래 백발과 긴 수염 드리우시고 새하얀 모시 두루마기 차림에 왼손엔 장죽(長竹)을, 바른 손엔 단장(短杖) 짚으신 할아버지의 의젓하신 자세와 큰머리 고이 땋아 이시고 보얀 명주 안감 받친 옥갑사(玉甲紗) 마고자에 한산(韓山) 세(細)모시로 소복(素服) 단장하신 할머님과 그 곁에 자리 잡으신 우리 아버지의 늠름한 신사복 모습에로 줄곧 쏠렸고, 시내전차 안을 메운 왜소한 일본인들과의 대조적인 그 자랑스러운 모습에 내 가슴은 한결 더 부풀어 올라 있었다. 그때 나는 대학생 차림이었고 내 일행과의 사이에서 유창한 일본말을 주고받는 당당한 청년상(青年像)이었으리라.

　　한창 재미나게 오가는 잡담 중에 끼어든 어린 조카의 "아저씨, 저기 선 여학생이 우리 할아버지 할머니를 보고 자꾸 희끗희

곳 웃고 있어요."라는 그 한마디를 듣고 예사로 내뱉은 나의 한바탕 웃음과 뇌까림이 반사적으로 그렇게 크고 충격적인 사건으로 번질 줄이야…. 그것은 참으로 어이없는 오해에서 비롯된 일이었지만, 나에겐 평생토록 가슴에 타오르는 감명의 불꽃으로 살아남게 되었다. 등 뒤에 이상한 느낌, 아니 쿡쿡 찌르는 것 같은 자극을 받은 내가 무심히 눈길을 뒤로 돌린 순간 나는, 나에게 심한 놀라움과 역정을 왈칵 불러일으키게 하는 살기 띤 매서운 표정에다 증오의 불길마저 이글거리는 어떤 눈동자가 마주쳤다. 윤곽이 또렷한 젊디젊은 여성의 새파랗게 질린 얼굴이 거기 있었고, 힘주어 내뱉은 분노와 경멸 섞인 앨토의 일본말 목소리가 내 귀청을 때렸다.

"이봐요! 학생! 지금 뭐라고 했어? 뭐? 저기 저 노인네들 보고 비웃는 게 당연하다고? 건방진 녀석, 넌 도대체 조선 사람을 어떻게 보고 있는 거야! 이 바보 자식!"

아닌 밤중에 홍두깨 얻어맞는 격이란 이런 경우를 두고 이름이리라. 거센 속사포를 맞은 것 같은 나는 한동안 말문이 막혀, 부라린 눈망울로 그 여자의 아래 위를 훑어보는 동작을 되풀이할 따름이었다. 그리고 한참만에야 균형 잡힌 얼굴에 눈동자가 유난히 맑은데다 두 갈래로 갈라땋은 검은 머리채를 앞가슴으로 두 어깨에 걸친 감색(紺色) 세일러복 차림의 상급반 여학생임을 알아차렸다.

욱 하는 성미를 가진 나는 "요 얄미운 쪽발이 계집애가 감히 뉘앞에다 대고…." 하며 노기가 한꺼번에 폭발해 버려쓰니, 전차 안은 삽시간에 난장판 싸움터를 방불케 하는 험악한 분위기에 휩싸여 버렸다. 우리 일행은 말할 것도 없고, 두 줄로 빽빽하게 마주앉은 승객들(주로 일본인)의 놀라움과 의아(疑訝)와 멸시가 뒤섞인 눈초리가 일제히 쏠렸고, 마구 덤빌 듯 한 치 양보도 없는 과격한 말싸움이 그것도 대학생 차림의 제법 그럴싸한 청년과 말쑥하고 예쁜 여학생 사이에 터졌으니 모두들 영문도 모르고 뒤통수 얼어맞은 꼴이 되어, 눈까풀과 입술만 딱 벌린 채 태풍전야(颱風前夜) 같은 정적만 지키고 있을 뿐이었다. 그때 보다 못해 조용히 나선 역시 대학생 차림의 나잇살이 좀 든 듯한 청년이 그것도 남학생(나)에게 먼저 건넨 묵직한 한마디.

"여보게, 학생, 잠시 진정하게. 두 사람 사이에 뭔가 오해가 있는 것 같은데…." 채 말이 끝나기도 전에 씩씩거리던 남학생(나)의 기관총 같은 고함소리가 일본말로 폭포처럼 쏟아졌다.

"아니, 선배! 오해라니요. 나 참 기가 막혀서…. 이게 도대체! 왜 이러는지 모르겠네요. 사나이에게 손가락질을 하면서 말입니다. 저기 앉으신 저 세 분은 우리 할아버지, 할머니와 저의 아버지예요. 모처럼 일본 구경 오셨다가 오늘 귀국하시는 길이에요. 뭣이 어째요? 제가 조선 사람을 비웃는다고요?"

내 말이 이어지는 동안에 그 여학생의 표정은 씻은 듯이 바뀌어서, 맑고 부드러운 미소로 성난 사나이를 응석꾸러기 대하듯 귀여운 듯이 응시하고 있었고, 말이 떨어지자마자 와락 껴안을 양다가와서 "용서하세요! 제가 그만 착각을…." 속삭임 같은 따스한 이 말에, 노여움이 머리 끝까지 꽉 치솟았던 게 금방 불길에 녹는 얼음처럼 돼버린 사나이도 "아! 그러면 당신도 조선 학생?"

"네, 그래요."

"아, 반갑습니다. 나도 오인을 해서…."

"아니에요. 제가 죄송해요."

"아아, 아닙니다. 용서해요."

그런데 그때 그만 그 운명의 전차는 멈춰 버렸다. 여학생은 다소곳이 머리를 숙이며 "전 그만 여기서…." 하며 승강구 쪽으로 몸을 옮기지 않는가. 당황한 사나이는 함께 내릴 듯이 통로에 서 있는 승객들을 헤치고 가까이 다가가서 "아, 그런데 고향은…?" 하고 다급하게 묻자, 미소 지은 여학생은 "전 평양입니다." 하며 손님들에 밀리듯이 내려 버렸다.

전차는 다시 움직였고 여학생은 곧장 인파 속으로 잠기고 말았다. 멍하니 전차 밖만 바라다 보던 사나이는 풀죽은 꼴로 가족 곁으로 쓴웃음 머금고 되돌아 왔다. 전차 안은 새삼스레 더 따뜻하게 소리 없는 웃음과 눈길로 우리 할아버지와 할머니 그리고 아버지를 감싸는 것이었다.

세 분을 실은 시모노세키(下關)행 열차의 꼬리가 꼬부랑거리며 사라진 텅 빈 동경역 플랫폼에서 열차 따라 길게 뻗은 철로 끝에 켜진 붉은 시그널등(燈)을 넋 잃은 듯이 바라보다가 발길을 돌린 내 허전한 마음에는 어느 새 그 전차 안에서 받은 충격이 시그널등의 붉음보다 더 붉게 더 뜨겁게 되살아나는 것을 억누를 수 없어 홀로 밤을 지새우며 뒹굴어야 했다.

여태까지 희미하게 잠자고 있던 아니 잠재워 버렸던 나의 겨레의식과 사랑을 일본국 수도 한복판에서 그것도 달리는 전차 안에서, 칼날보다 더 날카로운 자극으로 햇빛보다 따스한 인간애로 눈 깜짝할 사이에 일깨워주고 바람같이 사라진 여학생. 멀리 이 국땅까지 외롭게 유학 온 조선의 딸. 나는 그만 열병에 걸려 버렸다. 같은 핏줄의 플러스 마이너스가 스파크를 일으킨 중증의 감전환자(感電患者)가 되어 나모르게 가슴앓이의 쓰라린 나날을 보내야 했다. 단 한번이라도 다시 만나서 한마디만이라도 나누고 싶었다. 그것도 우리말로 말이다. 그리고 그 빛나는 눈동자를, 그 예쁜 얼굴을 잠시라도 뜨겁게 뜨겁게 바라보고 싶었다. 참다못해 그녀를 만나기 위해 시작된 나의 애절하고 허망한 거리의 방황은 그로부터 일년 후, 일제의 학도병 징집을 피하기 위해 대구사범학교 본과에 합격하여 귀국하는 바람에 끝이 났다.

나는 이제 인생의 황혼길에 접어들고 말았다. 하지만 내 가슴에 영원한 연정의 불꽃은 꺼질 줄 모르고 불타고 있으니…. 순간적으로 우연히 만났다가 헤어진 이름도 성도 모르는 그리고 생사조차도 알 수 없는 한 여인의 핏줄의 인력(引力)과 그 마음씨의 갸륵함에 감동되어, 평생을 두고 그녀에게 바치는 내 어리석은 순정 때문일까?

나는 여기서 내 마음도 달랠 겸 생각을 조금 옆길로 돌려야겠다.

멋과 낭만을 바탕으로 문학에 깊이 심취했고, 인간존중의 기본자세로 짧은 삶을 일관했던, 조선왕조 일대(一代)의 호남아(好男兒) 백호(白湖) 임제(林悌)와 자연과 사랑과 문학을 공존시켜, 송도삼절(松都三絶)의 하나로 손꼽히는 정열과 사랑의 화신이었던 황진이(黃眞伊)와의 애정과 시상(詩想)을 생각하지 않을 수 없구나.

"靑草 우거진 골에 자는다 누웠는다
紅顏은 어디 두고 白骨만 묻혔는다
잔 잡아 권할 이 없으니 그를 슬허하노라.

이 얼마나 놀라운 사랑다운 사랑의 고백이냐. 바로 시공을 뛰어 넘은 순진 그대로의 애정의 실천이다.

백호(白湖)가 조선시대의 가사문학(歌辭文學)을 대표하는 송강(松江) 정철(鄭澈)과 함께 면앙정(俛仰亭) 송순(宋純)의 문중(門中)을 드나들 때부터 일세를 풍미하던 황진이의 문학과 풍류와 미모에 관한 명성을 듣고 애타게 그리워하던 차에, 마침 평안도사(平安都事)라는 관직을 제수(除授)받아 평양으로 부임하는 길에 송도의 진이를 찾았으나, 그녀는 이미 이 세상 사람이 아니었다. 백호는 절망했다. 그녀의 무덤이라도 보고 싶어서 찾아갔다. 그는 눈물을 흘리며 애도했고, 호탕한 사나이기에 더욱 슬퍼했다. 그래서 앞에 적은 시조로서 처음이자 마지막인 그의 뜨겁고도 슬픈 사랑을 토로한 것이다. 그러나 벼슬욕에 매달려 당쟁과 모함만을 일삼던 무리들은 백호의 순수성을 이해할 리가 없었다. 당당한 벼슬아치가

체통도 돌보지 않고 기생의 제사를 지냈다고 꼬집고 헐뜯어서 마침내 파면까지 당했다. 하지만 그 파면을 두려워 할 임백호가 아니었다. 차라리 그 더러운 벼슬을 헌신짝같이 차버리고 이 세상을 하직하고 말았다.

아, 이 얼마나 고귀한 순애보(殉愛譜)이며, 고고한 순결인가? 내가 흰 수염이 돋아난 지금까지 고이 간직해 온 젊은 날의 로맨스를 이렇게 밝히면서 감히 임제의 사랑 이야기까지 끌어당기게 된 까닭은 우리 겨레의 뿌리와 핏줄의 영광을 되살려야겠다는 뜻이 갈수록 더 간절해지기 때문이라고 하면 나의 지나친 억설(臆說)일까?

그리고 사랑을 가장 멋지게 이해한 고백, 즉

「靑山은 내 뜻이요 綠水는 님의 情
綠水 흘러간들 靑山이야 변할 손가
綠水도 靑山 못잊어 울어 녀어 가는고.」

이렇게 사랑을 아름다운 꿈으로 삼았던 황진이의 뜻에 나도 공감할 수 있다고 자부함은 또 나의 지나친 교만일까 ….

이 기나긴 내 마음의 행로는 1942년 5월 신록의 계절에 일본국 수도 한복판을 달리는 시내 전차 안에서부터 비롯되었던 것이다.

배우고 익히는 기쁨

— 새벽의 법열(法悅)

　　새벽. 새벽은 활기(活氣)고 재생(再生)이며 부활(復活)이다. 나는 버릇처럼 어김없이 첫 새벽에 잠을 깨어 오늘도 거뜬히 활동할 수 있음을 천지신명(天地神明)과 조종조령(祖宗祖靈)께 고마워하면서 하루의 시발점에 선다.

　　싱싱한 나무들의 입김을, 단풍들의 가을 향내를 안개 섞어 들이마시며, 밤새 갈겨 놓은 건강한 개똥과 닭똥을 치우고 모이와 물을 갈아 주는 나의 새벽일은 일정한 속도로 여전하다.

　　그런데 오늘 아침에는 일을 마치고 한숨 돌리고 나니까, 문득 새로운 일과가 하나 머리에 떠오르는 게 아닌가. 그것은 작년 가을에 큰아들 지창(址昌)의 가족이 살고 있는 일본 동경도(東京都)에 갔을 때, 어느 책방에서 산 「공자(孔子)」를 정독하는 일이었다. 일본에 있을 때 나는, 지난날의 학생시절이 그리워 꼭 다시 한 번 찾아 가보고 싶었던 간다꾸(神田區) 진보쪼(神保町)에 즐비한 책방거리에서 50여 년 만에 마주친 맨 첫 번째 가게에 불쑥 들어가 보니, 탐스러운 책들이 하도 반가워 아예 눈을 감은 채 손에 닿는 대로 골라 잡은 책이 바로 메이지(明治) 유신(維新) 때의 대기업가였고, 생활철학이 만인의 거울이었다고 칭송받는 시부자와 에이이치(澁澤榮一)가 지은 공자(孔子)였던 것이다. 즉 논어(論語)를 바르게 읽는 법을 알기 쉽게 쓴 내용인데, '인간은 어디까지 위대하게 자랄 수 있는가'라는 부제(副題)가 붙어 있는 책이다. 나는 두말 없이 사 가지고, 근처 다방에서 굶주린 개가 먹이 먹듯 단번에 훑어 읽어 버렸다. 그러나 곧 독서의 소화불량증에 걸리고 말았다. 역시 속독(速讀)과 남독(濫讀)의 후유증은 머릿속에 흐리멍텅한 찌꺼기로 고여서 좋은 책에 누(累)를 끼치는 마음 아픔을 앓게 되는가 보다. 그러니까 글은 반드시 정독(精讀)을 해야 함을 새삼스레 절감했던 것이다. 안광(眼光)이 지배(紙背)를 뚫을 정도로 정성들이 새겨 읽어서, 글 전체의 내용과 주제를 음미하는 자세로 책장을 펴는 버릇을 가질 것을 다짐해 본다.

앞에서 오늘 새벽에 새 일과가 떠올랐다고 한 것은 이 좋은 책을 새벽마다 꼭 한 줄씩 새겨 읽고 싶은 생각이 솟았기 때문이다. 그래서 오늘 아침이야말로 나에게는 새 출발의 엄숙한 순간이라 마음먹고, 눈을 고요히 감고 정좌하여 책장을 펼쳤다. 마치 탐험가가 미지의 경지를 찾아 발을 들여 놓듯이, 천문학자가 새 천체를 발견하고자 망원경에 두 눈을 갖다 대는 것처럼 떨리는 호기심으로 감았던 눈을 뜨고 목전에 나타난 글귀를 주시했다. 그것은 이 책의 60쪽에 실린 제2장 15절에 있는 것이었는데, 산뜻한 기쁨을 안겨 주었고, 감동적으로 내게 다가왔다. 제2장 위정편(爲政篇)

의 제목은 "마음에 북극성(北極星)을 품은 사람이 날마다 살아가는 법"이라 붙혀졌고, 15절의 작은 제목은 "인생의 근본의의(根本意義)는 예월(輗軏) 하나를 붙잡는 데 있다."라고 적혀 있었다. 즉 공자께서 말씀하시기를 "사람으로서 신의(信義)와 신용(信用)이 없으면, 삶을 사람답게 살 수 없음을 깨닫지 못한 아무 쓸모없는 존재다. 큰 수레에 머구리가 없고 작은 수레가 멍에막이가 없으면, 무엇으로 수레를 움직일 수 있겠느냐?"(子曰 人而無信 不知其可也 大車無輗 小車無軏 其何以行之哉)라는 논어에 실린 가르침을 단적으로 표현한 말이다. 그리고 그는 풀이하기를 만약 사람으로서 신의가 없다면 아무리 재지가 뛰어나고 기량이 좋아도 예월(輗軏)이 없는 우마차(牛馬車)와 같아서, 무익(無益)한 사람이기는커녕 오히려 유해(有害)한 존재가 된다고 했다. 그렇다. 사회적 고등동물이라고 일컫는 인간으로서, 개인적 인격 향상은 말할 것도 없고, 사회의 질서를 유지하기 위해서도 믿음(信)의 도덕적 연(緣)줄을 더욱 강하게 해야 한다. 또 믿음(信)의 효용은 인간사회의 발전과 함께 그 가치가 늘어나서, 그 응용의 범위가 한 개인에서 마을로, 한 마을에서 고장으로, 한 고장에서 나라 전체로, 한 나라에서 세계로 그 위력은 확대되는 것이다. 기업의 경영, 행정의 운용, 재판의 효능, 외교적 활동 등 모두가 신용(信用)의 두 글자가 기반이 되는 것이다. 그러나 아무리 신(信)이 중요하다고 하더라도 의(義)에 어긋나는 일은 행동에 옮기지 말아야 한다. 예컨대 다른 사람과 나쁜 일을 공모(共謀)하려는 약속은 지켜서는 안 된다는 말이다. 논어 학이편(學而篇)에서도 "남과 약속한 일이 도리에 맞으면 실행할 수 있으나, 만약 도리에 어긋나면 실행불가능이다."(信近於義 言可復也)라고 경고하고 있지 않은가. 본디 신(信)은 어머니가 자식을 젖 먹여 키우면서(哺育) 우러난 모자간(母子間)의 정다움과 사랑, 즉 친(親)에서 번진 것인데, 이것이 확대되어 동족간(同族間)의 친(親)이 생기고, 사회의 진보발달에 따라 그 범위가 넓혀진 것이다.

친(親) 또한 그 형식이 바뀌어서 신(信)이라는 고유명사로 된 것이다. 따라서 신(信)은 개인적인 인간관계는 물론, 사회적 협조결합(協助結合)을 위해 필요불가결(必要不可缺)한 일대요소(一大要素)가 아닐 수 없다. 지금 세상은 과학문명의 과잉발달로 인하여 갈수록 물질만능의 풍조로 변질되면서, 인심은 이기(利己)와 불신(不信)의 악덕(惡德)이 독버섯처럼 번져 물들고 있다. 인간생활의 편리위주(便利爲主)는 땀의 가치를 팽개치고 요령과 나태만을 꾀하는 정신적 타락상태로 굴러 떨어지고 있다. 자라나는 새싹들의 앞날을 생각하면 좀 앞서 태어나서 또 가야 할 선배의 한 사람으로서 태산 같은 걱정과 뼈아픈 자책을 금할 수가 없다.

새로운 일과를 시작하면서 나는 "배우고 때로 이를 익히면 또한 기쁘지 않으리오"(學而時習之 不亦悅乎)라고 한 공자님의 말씀이 얼마나 고마운 가르침인가를 사무치게 느끼며, 찐쌀과 누룽지는 씹으면 씹을수록 구수한 맛이 더 우러난다는 우리 옛 속담을 되새겨 본다. 양약(良藥)은 입에 쓰고, 좋은 글은 첫맛은 딱딱해도 고맙게 먹고 잘 새겨 읽으면, 몸과 마음을 위해 얼마나 훌륭한 선약 (仙藥)인가를 오늘 새벽의 첫 실천으로 통쾌하게 깨달았다.

당(唐)나라 시성(詩聖) 두보(杜甫)가 인간칠십고래희(人間七十古來稀)라고 했는데, 나는 고맙게도 비교적 건강한 심신으로 종심(從心)의 나이에 들어서게 되었다. 정상이 바로 눈앞에 보이는 등산길이 더 고되고 어려운 것처럼 인생길도 나이가 들수록 자신의 불학(不學) 부덕(不德)의 허물이 벗겨지는 꼴불견이 노출되게 마련이다. 하지만 "세계가 내일 끝장이 날지언정 나는 오늘 한 그루의 사과나무를 심겠다."라고 서양의 어느 철학자가 말했듯이 꿈과 신념은 숨을 거두는 최후의 순간까지 잃지 말아야 한다고 스스로 다짐하며, 새벽마다 논어에 매달리는 새 일과의 끊임없는 실행과 중단없는 전진을 자축하며, 나에게 있어서 기념할 만한 이 새로운 출발점이 "1993년 10월 26일, 화요일. 맑음." 이라는 일자도 아울러 적어 둔다.

조상 생각, 자식 생각, 고향 생각

어둠침침한 하늘 아래 찌푸린 날씨, 갓 쓴 할아버지와 소복 입은 할머니.

어린 손자를 왼손에 잡고, 바른 손으로 지팡이를 짚으신 할아버지의 두루마기 차림과 그 옆에 짐바구니를 머리에 이신 할머니의 어질고 주름잡힌 얼굴. 어디서 본 듯한 나지막한 산과 들판, 그 사이로 흐르듯이 가느다랗게 꼬부라진 길이 보인다. 정열과 환희는 풍기지 않으나 평화와 사랑 그대로다.

이것은 붉은 벽돌의 옛 건물인 서울역 2층 그릴 벽에 걸린, 보아 주기를 원치도 바라지도 않는 대형 목각(木刻) 그림이다.

1981년 1월 12일 밤 10시. 부산행 막차를 타려고 나왔다가 시간이 좀 남아서, 홀로 이 그릴의 구석자리에 앉아 한 잔의 차와 소리 없는 대화를 나누다가 마주친 따스한 그림이다.

나는 이때부터 약 3년 남짓, 한달에 한두 번씩은 이 그림과 만나 말없는 대화를 나누게 되었다. 그것은 내가 어떤 사연으로 삶의 돌파구를 과감하게 찾아, 1968년 8월에 상경 이주한 이후 내 고향 경남 김해군 진영읍 내룡리 용담마을 뒷산의 조상 산소 약

4,000평을 묘지기 몰래 이장이던 아무개가 감쪽같이 남에게 팔아 치운 일을 뒤늦게사 알게 되어 반환청구소송을 제기하여 난생 처음으로 법정시비를 하게 된 것과 관련이 있다. 조상의 안식처를 불법으로 빼앗긴 분함과 조상 섬기기에 소홀했던 죄책감을 안고, 직장도 내던진 채 답답하고 지루하고도 외로운 송사를 3년여 동안이나 하던 내가 한 달에 한두 번 이 고향 향기가 나는 듯한 목각화를 만나게 된 것은 말할 수 없는 드거운 위안과 힘이 되었다. 그림 속의 할아버지와 할머니는 고향 뒷산에 누워계시는 조상님들의 얼굴이 되어 때로는 나를 채찍질로써 용기를 북돋아 주시는 것 같았다.

조상 대대로 그 땅을 장만하기 위하여 얼마나 많은 노고와 어려움이 있었을까를 생각하니, 철없이 굴면서 눈앞의 먹고 살기에 급급해서 조상의 유택(幽宅)마저 몰래 빼앗겼으니 무슨 낯으로 저승에 가 조상을 배알(拜謁)하며 또 무슨 염치머리로 자식들을 대한단 말인가?

결국 송사는 사필귀정(事必歸正)으로 이겼기에 나는 무겁던 죄책감에서 벗어나게 되었고, 내 스스로 물러났던 직장에서도 이런 사정을 잘 이해하여 다시 일해 줄 것을 간곡히 요청해 왔으나, 거의 한 평생을 오로지 제2세 교육에만 매달려 온 내 삶을 성찰해 보고, 인간사회의 이면이 어떤가를 알고 나서 얻은 환멸의 비애와 조상을 소홀히 모셔 온 응보가 어떤 것인가를 뼈저리게 체험한 나는 그 자책에서 어서 벗어나고파 직장의 간청을 고맙게 거절했다.

그리고 서을 남단 세곡동에서 이곳 성남시로 옮겨 살게 되었고, 아내의 구멍가게 일을 도우면서 다시 시작하는 인생공부라고 다짐하여 일하면서 독서하고 글 쓰는 나날을 바쁘게 보내게 된 나에게는 서울역은 점점 멀고 낯선 곳이 되어 가고 있었다.

그 후 서울역사도 개축되어 새로운 모습으로 변했다고 하니 그 그릴과 그림이 아직도 그대로 잘 있는지 궁금하기만 하다.

때때로 고향이 그립고, 조상 생각, 자식 생각이 간절할 때면 그 그림 속의 꼬부라진 들판 길과 늙으신 할아버지, 할머니의 근신어린 얼굴이 가슴으로 파고든다.

아버님 어머님이 보고 싶고 고향 생각이 절실할 때면 그때의 그 서울역 그릴 구석자리에서 말없이 한 잔의 차라도 마시고 싶다.

그리움이란
출렁이는 파도
밀려 왔다간 가고 또
아련히 가버리는 것.

삶이란
돌아보는 그리음과
바라보는 그리움을 안고
눈앞의 행(幸), 불행(不幸)을
헤치고 오르는 고갯길이다.

소망이란

나날의 시간 속에서

영원과 나누는

나지막한 대화인가.

(1981. 9)

이별(離別)의 미학(美學)
— 좀 더 향기로운 삶과 죽음을 위하여

오늘도 이렇게 건강히 생활하고 있기 때문에 우리는 서로 만남의 기쁨과 헤어짐의 쓰라림 그리고 사별(死別)이라는 가장 애절한 슬픔마저 겪으면서 수많은 고락의 희비쌍곡선상(喜悲雙曲線上)을 마치 무언극(無言劇) 배우처럼 껑충거리며 걸어가고 있지 않은가. 만나면 헤어져야 하고(會者必離) 태어나면 언젠가는 죽음을 맞이해야 하는 생자필멸(生者必滅) 굴레를 쓴 채 그래도 우리는 태야의 법칙을 따라 맑고 밝게 살아야 한다. 그러기에 자연의 은총이 풍요로운 환경에 안겨서 싹튼 포근한 사랑의 정이 이심전심(以心傳心)으로 오고 간 사람과의 이별을 영원히 지워지지 않을 아름답고 짜릿한 그리움을 가슴 깊이 심어 놓고야 마는 것이다.

그런데 온갖 생물의 보금자리인 이 고마운 지구를 마구 난도질하듯이 덤비는 첨단과학문명(尖端科學文明)과 물질만능(物質萬能)의 풍조가 제멋대로 판을 치는 이 20세기 말의 어지럽고 혼탁한 세상에는 날이 갈수록 사람다은 삶과 향기로운 인간미를 풍기는 눈물겨운 만남과 이별은 공룡(恐龍) 같은 굴착기(掘鑿機)가 파헤친 산자락처럼 살풍경(殺風景)하게 메말라 가고 있다.

나는 하도 안타까워서 우리 옛 시조 가운데서 자연과 인간미와 문학을 공존시킨 절절한 이별사(離別詞)를 애써 골라, 더 늦기 전에 좀 더 향기로운 삶과 이별의 정취를 기리기 위하여 알뜰히 감상, 음미해 보고자 한다.

조선조(朝鮮朝) 선조(宣祖) 때의 시기(詩妓) 이매창(李梅窓)은 서른여덟 살이라는 짧은 일생을 외롭게 살았으나, 주옥 같은 시 몇 편을 남겼다. 예론(禮論)에 밝았던 학자요 시인이었던 촌은(村隱) 유희경(柳希慶)과의 고고한 사랑과 이별의 정회(情懷)를 계절에 얹어서 부른 다음 시조는 시조문학의 한 백미(白眉)라 불러도 좋을 것이다.

「이화우(梨花雨) 흩날릴 제 울며 잡고 이별한 님
추풍낙엽(秋風落葉)에 저도 나를 생각는지
천리(千里)에 외로운 꿈만 오락가락 하여라.」

이화(梨花) 피는 봄날에 님을 떠나 보냈고, 낙엽지는 가을이 되어도 소식이 없으니, 외로움에 몸부림칠 정도로 안타까운 심정이지만, 이 시 전체에는 이러한 초조로움은 나타나 있지 않다. 이것이 이 시의 표현의 묘(妙)다. 시간과 공간을 잘 조화시켜 상사(相思)의 정(情)을 사무치게 노래한 걸작이다. 이매창은 기녀(妓女)였지만 그 지조(志操)와 시정(詩情)은 설중매(雪中梅)처럼 고결했다. 그러기에 서로 시를 좋아하는 그들이 시종 시를 통해 이심전심으로 사랑하게 되었을 것이다.

나는 여기서 문득 모과(木瓜)와 유자(柚子)라는 열매를 떠올려 본다. 무척 못생긴 몰골이다. 하지만 그들은 오래 둘수록 아니 늙어 갈수록 그 향기는 말할 수 없이 곱게 짙어지는 게 아닌가. 겉모양이나 겉치레가 흐르는 세월 앞에 무슨 소용이 있으랴.

매창(梅窓)의 청아(淸雅)한 정한(情恨)과 임백호(林白湖)의 멋과 황진이(黃眞伊)의 풍류와 사랑을 거울삼아 좀 더 향기로운 삶과 죽음을 위하여 마음의 때(垢)를 한 꺼풀 한 꺼풀 벗겨 나갈 것을 다짐해 본다.

(1994년 가을)

일일(一日) 일선(一善)

만(滿)으로 여섯 살에 인생의 첫 관문 혹은 과거(科擧)라고도 일컫던 홍역(紅疫)을 치렀고, 일곱 살에 보통학교(普通學校)에 들어가기까지 나는 할아버지와 할머니 슬하에서 그야말로 행복한 나날을 보냈다. 그 가운데서도 세끼 식사 때마다 장손(長孫)이랍시고 어머니께서 꼭꼭 차려주시는 할아버지와의 겸상(兼床)자리가 가장 즐거웠는데, 그때 그 모습들, 그 정경(情景)은 언제까지나 눈앞에서 잊혀지지 않는다. 구수한 밥맛과 함께 그 자리에서 무르익었던 여러 가지 재미나는 이야기들이 아직도 생생하게 들리는 듯한데, 그 중에서 유난히도 내 골수(骨髓)에 사무친 듯 잊혀지지 않고 평생토록 내 마음의 가르침으로 살아 있는 두 분의 몇 말씀이 있었다.

할아버지께서는 "항상 밥은 천천히 잘 씹어서 맛있게 먹고, 조금 더 먹고 싶을 때 숟가락을 놓아야 한다. 그리고 언제나 고마워하는 마음으로 움식을 대해야 한다."라고 조용히 웃으시며 가슴팍까지 덮은 수염 사이로 말씀하셨고, 할머니께서는 노는 입에 염불(念佛)이라는 말씀과 함께 "사람은 내 집에서나 남의 집에서

나 신발을 가지런히 벗어야 하고, 또 신발은 손질을 자주하여 깨끗해야 한다. 길 가다가 헌 신발 하나라도 뒤엎어져 있으면 바로 하여 길가에 치워놓아야 하고, 쓰레기나 못쓸 물건이 버려져 있으면 주워 없애야 한다. 그런 게 모두 적선(積善)이란다."라고 소곤소곤 일러 주시곤 하셨다.

할머니에게서 들은 이 적선이라는 낱말을 내가 언제까지나 가슴 속에 고이 품고 살아가는 까닭은, 착한 일을 하면 마음이 맑아지고 마음이 맑아지면 기분도 좋아지기 때문이다. 기분이 좋으면 몸도 건강해지게 마련이고 몸이 건강하면 삶도 즐거워지는 게 아닐까?

이렇게 나의 티없는 그리움의 나래가 그때 그 시절의 포근한 둥지 속으로 찾아 들면, 나는 잠시나마 연분홍 색동 바지저고리 차림의 어린이가 되어, 뒷동산 푸른 잔디 위를 마구 뒹구는 꿈 같은 행복감의 포로(捕虜)가 되어 버리지만, 찬물에 발목을 담그듯 냉정한 현실로 되돌아서면 삶의 도량(道場)이라 자처(自處)하고 일하는 뽕마을 가게의 장사치(장수)로 쉬 적응하기 위해, 새벽부터 자정(子正)까지 내 딴엔 상당히 바쁜 시간을 활용해야 한다.

이른 아침 여섯 시 반이면 가게의 셔터를 제쳐 올리고, 정태춘(鄭泰春)이라는 가수의 생(生)의 먹구름을 헤치고 과감히 도전하는 내용을 담은 다분히 사색적인 노래를 테이프로 들으며, 쓰레기 줍고 청소하는 일로부터 나의 아침은 출발한다. 한참 붐비는 출근시간을 겪고 나서 손님 드나듦이 좀 뜸해지면, 나는 방에 들어가서

먹을 갈고 습자(習字)하며 묵향(墨香)에 젖어들어 잠시나마 나 자신을 찾아보기도 한다. 그러다가 불규칙스레 찾아드는 손님맞이를 하면서도 못다 읽은 책을 살피면서 가슴 설레는 독서의 묘미를 맛보기도 한다.

이렇게들 하는 동안에 하루해는 저물고 더 잦아지는 밤손님을 맞다보면 어느덧 시계바늘은 자정으로 돌아가서 하루가 어이없이 자취를 감춘다.

이런 일과 진행되는 내 곁에는 줄곧 선택된 레파토리의 음악곡이 나의 작업과 사색의 반주로 흐르고 있는데, 이것은 내 생활의 둘도 없는 양념, 곧 활력소라고나 할까. 음악은 아름다운 사색이 생생하게 실린 음(音)으로써 듣는 이의 심금을 진선미(眞善美)의 세계로 이끌어 들이는 힘을 가진 것이 가장 좋은 점이라고 나는 믿고 있다. 그래서 나에게는 음악은 사색의 좋은 영양제, 아니 어쩌면 내 고운 삶을 위한 의욕의 원천인지도 모른다. 그러니까 내가 일생을 음악과 책을 벗 삼아 살아 온 것도 이런 연유임이 틀림없다.

이리하여 구멍가게에서 장사하는 일이 곧 인생공부라고 믿는 나의 새로운 생활궤도(生活軌道)는 제법 순조롭게 가동되는 동안에도 내 마음에 깊이 새겨진 우리 할아버지 할머니의 착한 마음가짐과 생활태도에서 우러나오신 말씀들만치 위대한 교훈(敎訓)은 없다고 믿는 나는 그 가르침을 알뜰히 실천하여, 오늘도 일일일선(一日一善)하는 뜻으로 쓰레기 줍기를 열심히 하는 동시에 가게에 드나드는 손님이나 길 가는 사람들에게도 담배꽁초나 쓰레기를 함부로 버리지 말기를 일깨워서 상당한 효과를 얻고 있다. 또 우리 국민들이 돈(지폐)을 험하게 쓰는 데 놀라, 아무리 바빠도 날마다 찢어지고 구겨진 돈 붙이기를 계속하며 황혼의 삶을 즐기고 있다.

이럭저럭 하는 사이에 21세기가 바짝 가까이 다가선 현재, 인지(人智)에 의한 고도첨단과학문명(高度尖端科學文明)의 눈부신 발달은 인류를 위해 많은 이로움을 준 반면, 무분별하고 지나친 개발과 과욕독점(過慾獨占)에 의한 침략전쟁(侵略戰爭)의 발발(勃發)로 인한 자연의 훼손과 파괴는 오히려 지구를 상처투성이로 만듦은 물론, 인간을 비롯하여 모든 생태(生態)의 생명보존(生命保存)에 불가결한 천연의 혜택을 모조리 오염시켜 사람의 마음과 몸은 말할 것도 없고 모든 생명을 병들게 하고 있으니, 이 지구의 미래와 후손들의 앞날에 깊은 우려가 더해감은 나의 지나치고 부질없는 기우(杞憂)일까!

(1991년 2월)

광복절(光復節) 유감(有感)

광복(光復)은, 빛나게 회복하는 것, 즉 되살아나는 일이요, 우리 겨레가 일본 제국주의 침략의 사슬에서 해방되어, 조국을 되찾은 일이다.

1955년 8월 15일. 오늘은 광복 오십 돌이 되는 날이다.

벌써 반세기가 지닌 셈이다. 나는 해마다 8.15만 되면 일제의 침략전쟁이 패전(敗戰) 직전의 파국에 이르러 최후의 발악(發惡) 상태였던 그 당시, 생사의 갈림길에 섰던 내 청춘과 오늘날 아직도 국가의 허리가 잘린 휴전선에서 동족상잔(同族相殘)의 희생이 되어, 실전(實戰) 이상의 싸움터를 지키는 우리 국군 용사의 씩씩한 젊음을 대비해 보며, 미국 작가 어니스트. 헤밍헤이의 걸작 '누구를 위하여 종(鐘)은 울리나'를 연상해 보곤 한다. 그것은 그 종에 대한 내 나름대로의 견해를 정리하여, 그 종이야말로 제 나라 제 겨레의 독립자존(獨立自存)과 평등평화(平等平和)를 기원하는 참사랑이라고 믿는 까닭에 광복절이 오면 그 종의 울림이 한층 더 절실하게 내 심장의 고동과 화답하는 감동을 맛보게 되기 때문이다.

일제 식민치하(植民治下)의 내 청춘은 아이러니컬하게도 우리 조국을 빼앗고 짓밟은 자를 위해서라는 명목으로 전쟁터로 끌려 나가야 하는 신세였다. 일군(日軍)의 병력부족을 보충하기 위하여 조선인청년에게 강요된 학병제(學兵制)가 실시되었고 징병령(徵兵令)이 내려졌기 때문이다. 나는 징병 제2기 갑종(甲種) 소집대상자이면서, 한편으로는 조선인 전문대학생에게 내려진 학병제를 피하기 위해 입학한 관립대구사범학교 본과 3학년 졸업반이었는데, 교육동원이란 이름으로 대구시내 칠성국민학교에 배치되어 이미 소집되어 나간 일본인 교원의 빈 자리를 채우는 구실을 하고 있었다. 그런데 난데없이 또 육군특수간부후보생 훈련소에 입대하라는 긴급명령이 날아 든 것이다.

나는 드디어 올 것이 왔구나 하고 되뇌며 피할 길 없는 운명에 거역할 것 없이 종용히 대천명할 결심을 단단히 하고 정해진 날짜에 입소하고 말았다.

대일본제국 육군특별간부후보생 훈련소. 참 어마어마한 간판이다. 이것이 매달린 곳은 대구 남산국민학교 정문 한쪽 기둥이었다. 국민학교 간판과 나란히 선 꼴이 너무나 대조적이었다. 순박한 조선의 어린이와 총칼 든 일본군인이 매우 엄숙한 표정과 자세로 우뚝 선 모양 같았다. 이것만 봐도 그때 그 당시의 긴박한 상황과 정세를 여실히 짐작할 수 있었던 1945년 7월.

그 달 초하룻날에 있은 입소식(入所式)은 대일본 조선군 예하(隸下)의 모사단장이라는, 카이저수염으로 뽐낸 육군소장을 비롯하여 훈령소장인 육군대좌, 교관인 육군대위 한 명, 육군 중위 두 명, 특무상사 두 명, 내빈인 대구 제80보병연대장, 제28야포연대장 등의 삼엄한 배석 아래 거행되었다.

　벌써 오십 년이나 지나가버린 세월인데도 그때 그 일 가운데서 아직도 잊혀지지 않는 두 사람의 독살스러운 목소리가 내 기억 속에 생생하다. 그 두 사람은 모사단장이라는 일본인 육군소장과 그를 수행한 조선인 출신 육군중위와 그들의 짤막한 몇 마디다. 꼿꼿한 부둥자세로 눈 하나 깜박거리지 못하고 듣고 있는 청중인 특별간부후보훈련생은 겨우 25명의 대구사범학교 본과 3학년에 재학 중인 조선인 학생뿐이었다. "제군(諸君)! 제군은 대일본제국 대원수 폐하의 영광스러운 적자(赤子)다. 귀축(鬼畜) 미영양국군(米英兩國軍)을 무찌르고 성전(聖戰)을 기필코 승리시킬 선봉이다. 대일본제국 육군의 장교로서 천황폐하를 위하여 분골쇄신(粉骨碎身)하라!" 좁은 강당 안이 찌렁찌렁 울릴 듯한 고함을 내뱉고 큰 눈알을 한 바퀴 부라리고는 군도(軍刀)의 쇠사슬소리도 요란하게 제자리로 돌아가 털석 주저앉는다. 잇따라 등단한 젊은 육군중위. "제군! 반갑습니다. 나는 대일본제국 육군중위 아무개입니다. 조선인 출신이면서도 천황폐하의 일시동인(一視同仁)의 성은으로 당당히 대일본제국 육군사관학교를 종업하여, 현재 이 한 몸 오로지 천황폐하에 바칠 각오로 성전 완수에 최선을 다하고 있습니다. 제군! 나는 제군을 믿습니다. 나와 함께 대원수폐하를 위하여 기꺼이 충성을 다합시다."

나는 망연자실(茫然自失)한 상태로 하루를 보냈고, 한밤중에 불침번(不寢番)을 선 내 눈앞에는 새파랗게 질린 할아버지 할머니, 아버지 어머니의 얼굴과 어린 동생들의 올망졸망한 눈동자가 번갈아 떠올라서 내 눈시울을 뜨겁게 만들고 말았다. 불침번을 교대하고 자리에 누운 내 눈앞에는 또 하나의 그림자가 아롱거리기 시작했다. 입소 전날인 어제 오후, 정문앞까지 이불모퉁이를 들고 배웅하던 여인의 모습이 보인다. 내가 교육동원으로 나갔던 대구 칠성 국민학교의 여교사 이덕희(李德姬), 그 당시의 창씨명(創氏名)은 마쓰오카덕희(松岡德姬)라고 했다. 훤칠한 키에 걸음걸이가 유난히 특징적이었던 그녀는 그때 경북여고(慶北女高)에서 날마다 전교생에게 훈련시킨 정상보(正常步) 걸음, 그 걸음을 정확하고 삽상(颯爽)하게 걷는 모습이 매혹적이었다. 따뜻한 웃음에 가지런한 흰 이빨처럼 고운 마음씨였다.

지금 덮고 있는 이불보퉁이를 훈련소 내무반이라고 배당된 교실에서 풀어헤쳤을 때, 연분홍 보자기에 내의와 낯수건, 양말과 실, 바늘, 단추가 든 작은 상자 등 일용품이 고이 접힌 채 싸이어 실비단 같은 향기를 뿜고 있었다. 나는 가슴이 뭉클 뜨거워짐을 의식하면서 어머님의 영상과 함께 그녀의 미소를 이중노출(二重露出) 시켜보며 그 고마운 정을 어금니로 지긋이 깨물었다.

내 곁으로 다가오는 그녀의 다정스러운 그림자를 끌어안을 듯이 두 팔을 벌렸지만 어두운 허공만 휘저었을 분 옆자리의 코고는 소리만이 나를 착잡한 현실로 되돌려 놓고 말았다. 인제 이 훈련소에도 언제 어느 때 출동명령이 떨어질지도 모르는 긴박감이 감돌고 있다. 전쟁은 이제 막다른 골목이다. 미공군(米空軍)의 B29 폭격기가 일본 수도 동경을 비롯한 전본토(全本土)에 불벼락을 퍼붓는다는 소문과 함께 부산까지도 날아든다는 이야기가 귓속말로 나날이 전해진다. 오키나와에도 이제 미군이 상륙했다는 소식도 들려온다. "죽창(竹槍)을 들고라도 육탄전(肉彈戰)으로 일억총돌격(一億總突擊)이다."라고 교관들이 고래고래 더 윽박지른다.

일본인 조선인 할 것 없이 모두가 전전긍긍(戰戰兢兢) 안절부절못하는 상태다. 이제 명령만 떨어졌다 하면 중국대륙전선(中國大陸戰線)이나 태평양군도(太平洋群島), 아니면 버마(미얀마)나 필리핀 또는 오키나와 혈전지(血戰地) 등 어디로 가거나 죽음에의 달음박질만이 남아 있다. 그들의 말대로 옥쇄(玉碎)로의 직행이다. 특히 이 훈련소의 목적은 중위계급에의 특진이란 미명아래 소위 소모장교(消耗將校)를 속성 양성하는 데 있다. 병력이 극도로 부족한 일본군의 최후의 발악수단 바로 그것이다.

1945년 8월 6일. 이 날 밤 자정부터 나는 불침번 경비 근무를 하고 있었다. 동료들의 코고는 소리만이 한밤중의 무거운 공기를 가끔 뒤흔들 뿐 정적은 깊어 갔는데, 느닷없이 교관의 벼락 같은 고함소리가 들려왔다. 달려가 보니 불쑥 내미는 것은 한 장의 붉은 종이였다. 군대에 입대하라는 소집영장이다. 그 당시 소집영장은 붉은 종이를 사용했다. 곧 염라대왕의 초대장이기도 했다. 일본군의 병력부족이 단말마적 광란의 꼴이 되어, 이중, 삼중으로 소집영장을 남발한 것이다.

"내일 아침 일찍 고향으로 가서 소집에 응하라."는 교관의 명령이 떨어졌다. 깊어가는 밤공기가 한층 더 차가운 고독 쪽으로 나를 밀어 내는 것이었다.

'축입영(祝入營)'이라고 쓴 기치(旗幟)가 만장(輓章)처럼 축 늘어진 집안분위기는 상갓집을 방불케 했다.

대문을 들어서니 온 가족은 모두 침통한 얼굴로 나를 나 얼싸안는다.

긴 한숨과 함께 잇달아 담배만 태우시는 할아버지, 눈물을 글썽이며 애태우시는 할머니와 어머니, 울음도 웃음도 아닌 비통한 표정으로 일그러지는 아버지, 말없이 내 얼굴만 쳐다보는 동생들의 흐린 눈동자.

우리 가문의 장남에다 장손인 내가 끌려가는 날짜는 1945년 8월 16일이고, 장소는 대구 제25야포연대였다.

시시각각으로 다가오는 운명의 심판일을 떠리는 손가락으로 짚어 보는 온 가족의 아픈 가슴을 달래느라고, 나는 온갖 표정과 동작으로 용기를 뽐냈지만 별무소용(別無所用)이었다.

그러나 천지신명(天地神明)과 조종조령(祖宗祖靈)은 나에게 아니 우리 집안에 무심하지 않았다.

입대를 하루 앞둔 8월 15일 정오, 일본천황 히로히토(裕仁)는 떨리는 목소리로 무조건항복(無條件降服)을 방송했다. 아, 그래서 그 지긋지긋하던 침략전쟁 곧 태평양전쟁은 막을 내렸고, 나 또한 생사의 기로에서 아슬아슬하게 삶의 방향으로 되돌아 선 것이다. 하지만 훈련소 정문까지 배웅해 주던 청초한 여인 이덕희(李德姬)와의 재회(再會)는 영영 이루어지지 않았다. 세월 따라 계절 따라 애달픈 그리움만 더 짙게 쌓일 뿐이었다.

(1995년 8월 15일)

나의 새벽 예찬(禮讚)과 기도(祈禱)

— 辛酉 新年 隨想

　　송구영신(送舊迎新), 경신년(庚申年)이 저물고 신유년(辛酉年)의 새벽이 밝아 왔다. 닭띠 해가 열린 것이다. 닭은 새벽을 알린다. 새벽은 온갖 생물이 잠에서 다시 깨는 엄숙하고 복된 그리고 청신(淸新)한 순간이다. 특히 만물의 영장(靈長)이라고 자처하는 인간은 이 새벽의 밝아 옴을 오직 삶에 대한 경건한 자각(自覺)과 실존(實存)의 재확인을 위하여 고맙게 맞아야 한다.

　　밤은 생의 요람이요 안식하는 보금자리다. 밤은 또 생명의 모태다. 많은 생체가 잉태되고 또 태어나서 자란다. 이것을 확인하고 자각하게 하는 가장 소중한 고비가 밝아오는 새벽의 한 순간 순간이다. 이 복된 시시각각(時時刻刻)을 고요히 알뜰하게 지켜 주는 자, 그는 과연 누구인가? 그는 잔월효성(殘月曉星)이다. 곧 천지신명(天地神明)이요 자연이법(自然理法)의 구상체(具象體)다.

　　천명(天命)에 의하여 생을 누리는 모든 것은 어김없이 잠을 자고 또 깨게 마련이다. 잠을 깨지 못하는 자는 두 번 다시 이 순간을 맞을 수가 없다. 따라서 잔월효성(殘月曉星)을 보지 못하고 영원한 잠 속으로 잠기고 만다. 천명을 다한 것이다.

나는 샛별을 우러러볼 수 있는 이 한때를 무척 좋아하고 고마워한다. 말곳말곳한 샛별들이 하나 둘 그 빛깔이 바래어져 가면, 먼동이 트는 동녘 하늘 아래 검은 산등성이의 윤곽이 드러난다. 그리고 꿈틀거린다. 대지의 숨소리가 귓전을 두드리는 것 같다. "아! 나는 지금 고맙게도 이렇게 아직 살아 있구나." 하고 깊은 탄성을 토하곤 한다. 그래서 나는 이 새벽을 유달리 사랑하고 고마워하는 것이다.

"사람은 잘 먹고(소화) 잘 자고(숙면) 잘 싸야(배설) 한다."하시던 할아버지, 할머니 말씀을 나는 언제가지나 기억하고 실천할 것이다. 천명을 건강하게 다하라는 평범하면서 위대한 진리라고 믿기 때문이다.

'십유오년(十有五年)에 지학(志學)하고, 삼십(三十)에 입지(立志)요, 사십(四十)에 불혹(不惑)이며, 오십(五十)이면 지천명(知天命)하고, 육십(六十)에 이순(耳順)하여 칠십(七十)이면 종심(從心)해야 한다'라는 공유(孔儒)의 인생설계에 관한 말씀이 내 나이 정작 이순(耳順)이 된 지금에사 새삼스레 가슴에 되새겨지는 까닭은 조부모님과 부모님께서 내려주신 가르침이 내 가슴에 언제나 따뜻하게 살아 있기 때문이며 상금(尙今)도 그 교훈과 은총의 덕택으로 나는 건전한 삶을 이어 나가고 있다.

그렇다. 천지신명과 부조(父祖)에게 고마워할 줄 아는 마음, 이것이 곧 깨닫는 길이요, 깨달음은 마음의 맑음이다. 이와 같이 깨닫고자 하는 마음, 깨닫는 그 작업이 생의 지속이며 실존을 확인하는 천명(天命)에의 길인 동시에 영원에의 실마리가 될 것이다. 그리고 나의 착한 마음이 또 하나의 악한 유혹을 극복할 때(극기), 숭고한 대자연이 나를 받아들여 나의 어리석은 고독을 달래어 주겠지.

오늘날 이 병든 도회지(都會地)에는 정다웠던 새벽 닭울음소리는 아득한 꿈나라의 일로 되어버렸다. 그러나 학창시절의 기차통학과 기숙사생활 등으로 습관화된 나의 새벽기상은 변함이 없다. 잠자리에서 일어나자마자 들이켜는 찬물 한 사발과 긴 기지개를 신호로 시작하는 마사지운동에 힘입어 항상 고맙게 여기는 변소를 찾아 후련한 배설과 함께 터져 나오는 내 마음의 기도를 올린다.

"천지신명이시어, 조종조령이시어, 국토여래(國土如來)여 고맙습니다. 할아버지 할머니, 아버지 어머니 고맙습니다. 오도(吾道)는 일이관지(一以貫之)입니다. 진인사(盡人事)하고 대천명(待天命)하겠습니다. 고맙습니다."라고.

나는 청상(淸爽)한 기분으로 또 한 번 동녘 하늘을 바라본다. 하나 둘 사라져 가는 샛별들을 심호흡과 함께 헤아리며 오늘의 삶을 다짐해 본다. 그리고 먼저 떨어져 간 가련한 나의 작은 별 하나(둘째놈)를 내 가슴 한 구석에 깊숙이 챙겨 넣으면서 그의 영원할 삶도 빌어 본다. 산다는 것은 오늘의 삶이 내일로 이어지는 발판의 꾸준한 과정이리라.

(1981년 元旦)

시(時)에 대한 풀이

— 시(時)는 곧 우주(宇宙)의 맥박(脈搏)이다.

동녘에 해가 뜨면 하루가 시작되고 서산에 해가 기울면 낮과 밤이 소리 없이 바뀌는 이 쉴 새 없는 반복을 우리는 날마다 예사로 지나치고 있다. 그러나 곰곰 생각해 보면, 생명과 생존을 좌우하고 성장과 사멸을 지배하며, 변화와 발전의 고비인 시(時)의 소중함과 비정함이 얼마나 크고 무서운가를 어느 정도라도 깨닫게 될 것이다. 時를 크게는 우주의 맥박이라 말할 수 있고, 작게는 심장의 고동 바로 그것이라 할 수 있다. 지구가 태양계를 인력의 작용으로 자전 또는 공전하는 것이 전자(前者)의 경우고, 인간의 생(生)과 사(死)의 바뀜은 후자(後者)의 경우라고 할 수 있다.

40억년이나 먹었다는 지구의 나이도 이 우주의 맥박을 바탕으로 시간을 재는 법을 고안하여 알게 된 사실 하나로도 인류는 대자연의 이법(理法)을 이용하여 생존과 발전을 거듭해 온 것이 아닌가? 그런데 인간은 갈수록 이 고마운 자연의 은총을 저버리고 오히려 무분별한 파괴와 훼손으로 지구를 병들게 하여, 자칫하면 공도동망(共倒同亡)의 비운을 자초할 위기가 멀지 않다는 사실을 우리는 시(時)의 암시를 통해 신중히 살펴야 할 것이다.

과거에서 미래로 흘러 이어가는 '때', 즉 시간은 젊은이에게는 여원을 몽상(夢想)시켜서 눈앞의 행복과 안락만을 추구하게 하여, 아까운 세월과 정력을 헛되이 낭비하며 취생몽사(醉生夢死)하는 예가 드물지 않다. 그러나 일단 늙으면 "광음(光陰)은 화살과 같다." 혹은 "세월은 사람을 기다리지 않는다(歲不我延)." 등의 절박감으로 초조해진다. 그래서 동서고금을 통하여 사람은 한 번뿐인 삶을 보다 값지게 살기 위해, 시(時)에 대하여 여러 가지로 깊이 사색해 왔다. 아니 절실하게 생각하지 않을 수 없다.

시(時)의 어원(語源)에 대하여 살펴본다. 한자(漢字)의 '時'는 '옮기다'(移)를 뜻하는 '徙(사)'와 통한다. 즉 날(日)의 바뀜, 지나가는 것, 경과하는 것을 時라고 실감해 왔다. 영어 'time'의 어간 'ti'는 '번져 흐른다'를 뜻하는 고대 튜턴語에서 유래했고, 'hour'의 어원도 그리스語 '호오라'인데, 이 말은 자연의 질서인 계절을 의미한다. 그래서 時의 모습은 정작 보이지 않지만 농경민족(農耕民族)이나 목축(牧畜)을 하는 민족은 계절의 바뀜을 시간의 리듬으로 파악했다. 한 가지 예로 이집트의 나일강의 범람도 시간적 리듬의 중요한 눈금이었다는 사실을 들 수 있다.

시간을 재는 정시법(定時法)과 시각을 아는 부정시법(不定時法)에 대하여 살펴본다. 정시법이란 사계절과 주야의 구별 없이 한 시간의 길이가 일정하다고 생각하는 법, 즉 현재의 하루가 24시간이라고 정한 법이다. 부정시법이란 일정한 일각(기준단위)을 갖지 않는다. 계절에 따라 변하는 일출과 일몰로써 낮과 밤을 가르고, 그것을 육등분(六等分)하여 낮의 일각 밤의 일각을 산출한다. 따라서 춘하추동(春夏秋冬) 별로 그 길이가 다르게 된다.

원환적(圓環的)인 시간과 직선적(直線的)인 시간에 대하여 살펴본다. 사계의 영향으로 해마다 같은 리듬을 되풀이하는 농경생활이나 윤회전생(輪廻轉生)을 풀이하는 불교도 원환적인 시간의 이미지 위에서 성립되었다. 한편 시간을 과거로부터 미래로 향해 흐르는 직선적 이미지에 의해서 포착한 것이 그리스도교다. 예수의 탄생은 역사상에 한 번뿐이고, 부활도 한 번뿐이다. 이 관념은 상업계급의 일어남도 촉진시켰다. 즉 "시간은 황금이다."라고 상징되는 시간은 직선적 큰 가치를 가졌다는 뜻이다.

21세기를 바로 눈앞에 내다보고 살아가는 우리는 과학과 물질문명의 지나친 발달로 비정상적인 인간생활이 점점 더 판을 치는 것 같다. 따라서 우리는 이 직진하는 시간과 원환하는 시간의 장점을 잘 조화시켜 계절 따라, 해가 바뀜에 따라 대자연의 은총을 되살려가며, 뜻있고 건전한 삶을 이룩해 나아가야 할 것이다.

그렇다. "세월은 나를 기다리지 않는다. 아하! 늙었구나. 이 누구의 허물인고(日月逝矣 歲不我延)."라고 말한 주자(朱子)의 뜻을 두고두고 마음에 되새겨 보아야겠다.

어진 농부(農夫)처럼 맨발로 우리 땅을

— 국토애호(國土愛護)의 마음가짐

"세상 사람들아, 제발 이 이상 더 나를 괴롭히고 더럽히지 말아 주오. 몸은 갈기갈기 상처투성이요, 핏줄 아니 물줄기는 하루가 다르게 썩어가니 내 어찌 본디의 건강하고 푸른 강산으로 되살아 나리오마는 마음씨 고운 사람의 손길로 매만지고 일구어서 생생한 희망의 씨앗을 심어 준다면야 또 무엇을 바라리오." 이는 우리 국토의 피맺힌 하소연이다.

21세기를 눈앞에 둔 지구는 인간의 두뇌에 의한 과욕충족(過慾充足)의 경쟁가열화(競爭加熱化)의 희생(犧牲)이 되어 그 생명 지탱이 위기에 섰고, 우리 국토도 여전한 남북양단대립(南北兩斷對立)과 과다개발(過多開發) 및 산업증진(産業增進)에 따른 환경과 수질오염에다 생활오물(生活汚物)의 범람으로 날로 그 병세가 악화되어 소리없는 신음소리가 내 가슴을 찌른다.

인간의 탐구심은 과학문명의 발달을 무한대로 촉진시켜 갖가지 생활이기(生活利器)를 만들어 내어, 일상생활과 문화발전에 기여한 바 컸음은 부인하기 어려운 것이다. 그러나 그 반면에 문명의 발달은 어느 새 사람들 특히 도시인들의 정신을 이기(利己)와 편리위주, 무성의와 무관심 등의 나쁜 타성으로 빠지게 하여, 국토애호에의 무관심은 물론 올바른 삶의 길을 벗어나는 현대병 환자로 만들어 버린 자승자박(自繩自縛)의 현상을 자아내고 말았다. 그래서 병든 지구도 갈수록 이상증후(異常症候)가 잦아지고 있는 것이다.

원래 우리나라는 계절의 규칙적인 바뀜이 세계제일이었고 겨울의 추위도 삼한사온(三寒四溫)이라는 가장 이상적인 기후라고 자타가 공인해 오던 터였다. 그러나 지금은 어떤가? 봄과 가을이 짧아지면서 겨울의 삼한사온도 불규칙하게 되어 가고, 그야말로 비정상적인 기상증후가 갈수록 심해지고 있지 않은가. 그러니 이 현상을 우리는 무관심하게만 보아넘길 수는 없는 것이다. 걱정도 팔자라고 나의 기우(杞憂)를 코웃음으로 받아넘기는 사람도 있겠지만, 태어나고 자라나는 어린 싹들의 앞날을 생각하면 이것은 기우가 아니라 곧 불어닥칠 재앙일 것 같아, 내 가슴은 답답해지는 것이다.

라디오의 과학프로그램 시간에 자주 들려주는 지구의 앞날을 예고하는 말에 의하면 자동차의 배기가스나 각종 공장의 굴뚝에서 토해내는 아황산가스 등으로 오염되어 가는 공기는 말할 것도 없고, 2, 30년 후면 물의 기근으로 큰 전쟁마저 일어날 것이라고 한다. 이런 무시무시한 예측도 발표하지 않으면 안 될 지경에 이르런 우리 지구의 병세를 우리는 제몸 아끼듯이 깊은 관심을 가지고 보살펴야 하지 않겠는가.

맬더스의 인구론(人口論)에서 인구는 기하급수적으로 늘어나고, 식량은 산술급수적으로 불어나는 이 불균형을 해소하는 방법은 천재지변과 전쟁에 의한 인구소멸뿐이라고 지적했는데, 그와 같은 재난을 당하기 전에 우리는 벌써 물과 공기의 기근이라는 큰 위기에 가까이 가고 있는 사실을 뼈저리게 실감해야 할 것이다.

건전한 삶은 제 마음을 고이 붙일 수 있는 자리를 필요로 한다. 그것은 산 좋고 물 맑은 곳이다. 즉 대자연의 은총이 가득한 곳이다. 그런데 요즘 사람들은 눈앞의 일시적 안락과 편리 위주로만 생각하여 고마운 자연의 모든 것을 훼손하고 더럽혀서 오히려 제 자신의 생명을 해치고 병들게 하는 어리석은 작태를 자행하고 있는 딱한 형편이다.

인생의 정의를 한 말로 줄여서 말한다면 그것은 고(苦)일 수밖에 없다. 생로병사(生老病死)의 과정에는 괴로움이 더 많기 때문이다. 그러나 이 주어진 고(苦)를 참고 견디어 극복해 나아가는 곳에 삶의 보람과 즐거움을 맛볼 수도 있는 것이다. 그래서 살아 있을 때가 좋다고들 하지 않는가?

자연환경이 싱싱하고 흙의 체온이 포근하여 맨발로 자꾸 밟고 싶은 곳, 그 곳은 온갖 생물이 자라서 살찌는 보금자리다. 그러기에 국토는 삶의 터진이오, 지구는 생명의 바탕 바로 그것이 아닌가!

(1996년 4월 6일)

피맺힌 하소연
— 장인(丈人)의 편지 주석문(註釋文)

여기 내 눈앞에 아흔 살 늙은이의 살갗같이 누렇게 퇴색되어 낡을 대로 낡은 종이에 또박또박 그것도 일본 가다카나 글씨로 쓴 편지 한 통이 있다. 이 편지의 주인공은 나의 장인 고(故) 정용수(鄭龍水) 씨와 그분의 넷째딸 그 당시(1944년) 일제하의 진해고녀(鎭海高女)에 재학중이었던 처제(妻弟) 정우(鄭宇) 씨이다.

일제의 식민정책에 따른 우리말 우리글 강제말살(强制抹殺) 아래서 공부하던 딸에게는 부득이 일본 가나밖에 통하지 않았기에 그 편지글도 일본글이었다.

1943년과 1944년의 두 해 동안에 사랑하던 아내와 장성한 둘째딸을 잇따라 잃어버린 오십줄 홀아비의 절망과 고독 속에서 몸부림쳤던 피맺힌 하소연을 객지에 공부하던 열다섯 살 어린 딸에게 부쳐 보낸 글월이다.

1996년 5월 어느 날, 오랜만에 처제에게서 걸려온 전화는 중요한 일로 만나자는 것이었다. 만나자말자 이슬 맺힌 눈망울로 내놓은 것이 놀랍게도 이 눈물겨운 하소연 글월이었다.

나는 감격했다. 그 사연도 사연이지만 그 낡은 편지를 아버님의 따뜻한 가슴처럼 고스란히 고이 간직해 오면서, 외로운 아버지를 양으로 음으로 위로 격려하고 북돋운 알뜰한 효심(孝心)과 순정(純情)에 감동한 것이다. 그래서 이 귀한 가보(家寶)를 그냥 썩히지 말고, 고인의 백절불굴의 인생관을 자손들에게 전하고 남길 것을 합의하여, 내가 서툰 솜씨이기는 하나 우리 글로 번역하여 원본과 함께 내 문집에 뫼셔 두기로 한 것이다.

나는 여태까지 우리 아버지의 유필(遺筆) 한 가지도 간직하지 못한 죄송함과 한을 이번에 장인어른의 글에 접하게 된 것을 계기로 조금이라도 풀게 된 듯하여 기쁘고 다행스럽기 한량없다.

1996년 立秋 둘째사위 씀

우(宇)야에게
― 장인의 편지

우(宇)야! 우야! 미안하다.

애비는 전생에 무슨 큰 죄를 지었길레, 이젠 이 세상에서 누구에게도 큰소리 한번 칠 수 없는 못난 사람이 되어 버렸구나. 아! 애비의 한평생은 여기서 끝나버린 것이 아닐까? 불과 마흔아홉 살을 일기(一期)로 나의 즐겁고 행복했던 우리 가정생활은 종말을 고하고 말았으니 말이다. 너희들 팔남매(八男妹)를 이 세상에서 누구에게도 뒤떨어지지 않는 훌륭한 사람으로 길러서 훗날 고요히 여생을 즐기려고, 쉬지 않고 열심히 수신(修身)하고 제가(齊家)하는 뜻을 품고 전진면려(前進勉勵)해 왔기에, 우리 고장 수산(守山)에서도 제일 즐거운 그리고 이상적인 가정이라고 부러워하지 않는 사람이 없었고, 많은 자녀를 두었지만 모두 건강하게 공부 잘 하는 아이들이라 무엇 한 가지 모자라는 것 없는 우리 가정이었는데.

영원히 잊지 못할 1943년과 1944년이라는 이 두 해에 걸쳐 사랑하는 너의 어머니와 정애(貞愛)를 죽음의 길로 보내고 말았구나.

우야! 우야! 어찌하면 본디의 우리 가정으로 돌이킬 수 있겠나? 우야!

너희들 여덟 남매 가운데서 우리 집안을 위해 제일 공로가 컸던 정애, 이 애비를 잘 도와 주던 정애, 어린 동생들을 정성껏 돌보아 주던 정애야! 왜 그렇게 어이없이 일찍 가버렸나? 애비가 잘못했나? 세상살이에 불만이 있었나? 정애야! 무엇이 마음에 들지 않았나? 애비는 무엇이라도 너그러이 대할 생각이었는데 잘못 받아들여졌나? 도대체 왜 죽었나 정애야! 전혀 알 수가 없구나.

단지 네가 마지막 숨을 거둘 때

"아버지 아버지! 저는 죽지 않습니다. 아버지 안심하세요. 제가 잘못했습니다. 용서하세요. 저의 옷가지는 태워 없애지 말고 동생들에게 나누어 주시기 바랍니다."라는 말을 남겼으니, 아! 우야! 너희 어머니가 나를 이렇게 괴롭힌다고 생각하면 안 되겠지. 만약 영혼이 있다면 너희 어머니로선 결코 이런 비참한 짓을 시키지 않을 거라고 나는 믿는다. 하지만 세상사 모든 것이 무정하고 허무하다고 생각하니, 눈물이 앞을 가려 글씨를 더 못 쓰겠구나.

그러나 이제부터는 모든 괴로움과 슬픔을 애써 잊기로 하겠다. 남의 어버이가 된 사람은 자식들이 성인이 될 때까지 그 맡은 바 책임을 완수해야 하지 않겠나? 그래서 그 책임 다할 때가지 그날 그날을 어떤 고난이라도 달게 받으며 자신 있게 생활해 나아갈 각오다.

우야! 너는 지금 애비와 동생들을 몹시 걱정하고 있는 모양인데, 이 애비가 살아 있는 이상 아무 염려 없으니 안심하고, 오직 건강하고 훌륭한 현대여성으로 자라나기 바랄 뿐이다.

　　너무 많이 매달린 과실이 모두 다 싱싱하게 영글지 못하는 것과 같이 많은 사람 가운데는 갖가지 딱한 처지와 사정에 놓인 사람이 적지 않구나. 이웃에 사는 손씨댁(孫氏宅) 딸도 지난 29일 죽었고, 김용갑(金龍甲), 김재생(金在生) 씨 등도 별세했단다. 너의 언니 둘 다 무사하고 덕환(德桓)이는 매우 튼튼하며, 주(宙)야, 귀자(貴子)도 건강하다. 또 어린 덕강(德剛)이도 이젠 확실한 사람구실을 하게 되었다. "아빠, 아빠 부르며 내 몸에 달라붙는단다. 엄마와 누나가 살아 있으면 얼마나 좋았을까. 그러나 죽고 없는 걸 어떻게 하나? 부질없는 생각은 이젠 그만 두자. 어리석은 노릇이야. 너희 남매와 애비가 함께 애써 즐기며 살아가는 수밖에 없지 않나? 공연한 걱정은 쓸데 없는 짓이다. 그리고 지금부터는 애비와 너도 걱정거리는 서로 편지로도 서로 알리지 말도록 하자꾸나. 다만 너의 각기병이 항상 마음에 걸리니 병세를 자세하게 알려 주려무나. 한 번쯤 기회를 봐서 너한테와 진주에도 가보고 싶은 마음 간절하지만, 집안에는 어른이라고 아무도 없고 너의 어린 동생들 뿐이니 빠져나갈 수가 없단다.

　　요즘은 약도 구하기 어려워져서 병든 사람은 모두 어려움을 겪고 있다. 그러나 죽은 사람보다 살아남은 사람이 많지 않나? 우리는 서로 돕고 용기를 불러일으키면 애비도 기운을 되살리게 될 것이다.

우야! 너와 나 함께 용기를 내자꾸나. 삶은 죽음의 시작이 아니냐? 생자필멸(生者必滅)이라 한 번 태어나면 언젠가는 죽음을 맞이하는 것이 자연의 이법(理法)이니까 조금도 슬퍼하지 말아라. 네가 슬픔에 잠겨 있으면 애비도 쓸쓸해진단다. 너의 엄마와 언니가 없어도 씩씩하게 살아가는 애비가 있지 않나? 애비는 세 사람 몫을 충분히 해 나갈 터이니 마음 놓고 힘차게 나아가기 바란다. 그리고 각기병이 잘 낫지 않으면 곧장 집으로 돌아와서 치료하도록 하자. 건강한 몸이라야 공부도 잘할 수 있는 게 아니냐? 일요일을 이용하여 집으로 돌아와서 쉬어라. 며칠 결석쯤이야 선생님도 양해하실 거야. 너의 얼굴이 보고 싶으니 어서 돌아와 주기 바란다. 또 될 수 있으면 염산(鹽酸)에매친 약을 많이 구해 오면 좋겠다. 값이 좀 비싸더라도 사가지고 어서 돌아오너라.

가끔 편지 보내주기 바라면서.

10월 31일
애비 씀

〈발문(跋文)〉

선비의 순수서정(純粹抒情)과
사라지는 것에 대한 시정(詩情)

— 惠水 金允煥의 문학과 인생

鄭 奉 烈 (詩人)

(1)

惠水 金允煥 선생은 교육자로서의 일관된 삶과 그리고 은퇴 후에는 草野에 묻혀 주옥 같은 시와 名文을 남긴 시인으로서의 삶을 사신 분이지만, 동시에 격동했던 한국현대사의 격랑 속에서도 흔들리지 않고, 高雅한 성품과 格調 높은 안목으로 智와 德의 길, 즉 君子之道를 성실히 추구했던 선비이기도 하다.

교육자로서의 그는 단순히 우리말과 글을 가르치는 국어선생님이 아니라, 우리의 古典 속에 나타난 겨레의 얼과 역사, 소중한 문화와 드높은 정신적 가치를 일깨워줌과 아울러 문학을 통하여 학생들에게 꿈과 희망과 理想을 추구할 수 있는 길을 제시해 주는 父兄과 같은 全人格的 스승으로 정평이 났다.

시인으로서의 그는 일찍이 경남과 부산 지역의 명문 중·고등학교에 재직하는 동안 여러 초·중등학교의 校歌를 작사하였으며, 지방에서 文學同人 활동을 하기도 했지만, 본격적으로 작품을 쓰기 시작한 것은 교직을 은퇴한 후 경기도 廣州郡에 정착하고 난

뒤부터로 여겨진다.

선비로서의 그는 유교적인 지식과 예절이 몸과 마음에 온전히 배어 있는 舊世代임에도 불구하고, 訓詁의 我執과 獨善이 없고, 衒學의 自慢과 固陋를 초탈하였으며, 유연한 思考와 건실한 생활 속에서의 實踐을 중시하는, '知行合一'과 '溫故而知新'의 철학을 가진, 그러면서도 自然과 生命과 멋을 사랑하는 賢者였다.

(2)

惠水 金允煥이 살았던 시대는 우리말과 글을 빼앗기고 심지어 姓과 이름까지 갈아야 했던, 일본군국주의가 마지막 발악을 한 엄혹했던 일제강점기의 후반기, 해방 후의 혼란과 북괴의 남침에 의한 同族相殘의 비극, 나라경제의 피폐와 빈곤, 정치·사회의 亂脈과 격변, 경제개발에 따른 산업화와 도시화, 경제성장과 세계화, 과학문명의 高度化와 자연·환경의 파괴 등 우리나라 오천년 역사를 통하여 볼 때 가장 격동했던 시기였다.

이러한 시대를 살아 남았거나 격동의 역사 속에 사라져간 惠水 金允煥의 세대에 속한 한국인이라면 누구나 가슴 속에 大河小說보다 더 파란만장한 자신의 人生史를 품고 있었다고 해도 과언이 아닐 것이다. 자신의 의지나 능력과는 상관없이 시대의 거세고 냉혹한 激浪에 휩싸여, 설혹 타고난 자기의 本然과 순수성을 상실하거나 포기하더라도, 또는 자기의 뿌리인 조상과 고향과 자연의 의미와 소중함을 망각하거나 외면한다고 하더라도 어쩔 수 없이 이해해 줄 수밖에 없는 사람들이 대다수였을 것이다.

그러나 惠水 金允煥의 경우, 즉 그의 삶과 문학의 특징은 이러한 격변하는 시대적 상황에도 불구하고 교육자로서의 초지일관한 자세와 선비로서의 고매한 정신을 견지하는 가운데, 변하지 않은 純粹抒情을 바탕으로 인간본연과 자연의 合一을 추구하는 詩精神을 그의 문학과 삶의 영역에서 동시에 끝까지 추구한 데 있다고 해야 할 것이다.

그에게 있어서 특히 은퇴 후의 삶은 바로 그의 문학이고, 그의 문학, 즉 그의 맑고 고운 시와 名文인 수필은 바로 그의 삶 그 자체였다.

아무리 어제 오늘이 바뀌어도 나는
삶, 그게 다할 때까진
그리움을 쫓아서 혼자 걷는다.

— 「혼자 걷는다」에서

그렇다. 그의 문학의 길, 그의 시의 길은 그리움을 쫓아서 혼자 걷는, 아무도 대신 살아줄 수 없는 그의 삶의 길인 것이다.

(3)

惠水 金允煥이 많은 시와 글을 남긴 그 나이에 어울리지 않게, 때 묻지도 않고 오염되지 않은 심지어 童心 같은 純粹와 心性과

그리고 일관된 정신자세를 간직할 수 있었던 그 놀라운 原動力은
무엇인가? 즉 그의 고매한 詩精神의 源泉은 무엇인가?

　　그것은 바로 '그리움'에 대한 穿鑿과 추구이다.

　　忘却의 피안으로 사라져 간
　　아련한 그리움 나의 불씨여
　　이제사 되살아나
　　내 마음 燈心에 불붙었는가.
　　(중략)
　　그렇다.
　　석양에 붉게 타는 紅葉처럼
　　生의 眞味가 무르익는 곳
　　밝혀진 등불 곁으로 찾아 가잔다.

— 「夕陽에 紅葉처럼」에서

　　내가 타고 가는 시간이라는 배는
　　그리움만 실어도 만원인데
　　또 무엇을 실어야 하나.

— 「少女의 祈禱」에서

　　그의 '그리움'은 시간적으로 흘러간 과거나 사람에 대한 회고

적인 '그리움'이 아니다. 공간적으로 자신에게 의미가 있는 특정한 장소와 추억에 집착하는 一方的, 偏愛的인 '그리움'이 아니다.

그의 '그리움'은 '돌아보는 그리움'임과 동시에 '바라보는 그리움'이다. 그에게 있어서 그리움은 시간과 공간을 아우르는 동시에 과거와 현재와 미래가 단절되지 않고 연면히 이어져서 마치 핏줄 속에 피가 흐르듯 순환하는 대자연의 섭리와 닿아 있다. 그의 자연과 생명에 대한 사랑의 정신과 삶의 자세는 이와 같은 '그리움'이란 이라는 그의 詩精神의 옹달샘에서 비롯되는 것이다.

그리움이라는 우리말의 뉘앙스가
하도 좋아서
붓글씨로 풀어 쓴 모양새가
그윽할 거라고 생각하다가
나는 그만
그 그리움에 안겨 버린다.

비바람에 외로운
어머님 墓碑의 차가움이
내 보잘것없는 삶의 자취에 얼룩진
불효함을 꾸짖지도 않고
되려, 등골 마디마디에 스며드는 아, 따스한 그 體溫
돌아보는 그리움의 고운 샘이여.

첫 새벽에

샛별에 윙크하며 들이키는

바라보는 그리움 또한

염통 깊숙이 산뜻하구나.

그래서 삶이란

돌아보는 그리움과 바라보는 그리움을 안고 걸어가는 길

끊임없이 이어지는 바로 그 길이다.

—「그리움」 전문

(4)

　惠水 金允煥의 詩精神은 곧 그의 올곧은 삶을 규정하는 동시에 그가 평생 동안 지키고 실천해 온 生活哲學이기도 하다. 그는 선비요 志士的인 정신의 소유자로서 결코 시대착오적이고 구태의연한 言行으로 자식과 후학들의 앞길과 言路를 가로막는, 진부한 범주에서 벗어나지 못하는 꽉 막힌 어른이 아니었다.

　그의 선비적 文學精神과 人生哲學은 눈앞에 펼쳐지고 있는 현재의 개인적 또는 시대적 상황과 문제점을 통렬하게 비판하고 아파하면서도, 언제나 미래에 대한 희망과 긍정적 전망을 끝까지 놓치지 않고, 주어진 여건과 조건에 절망하거나 원망하고 개탄하는 것이 아니라, 항상 성실성과 불요불굴의 노력으로 이를 극복하려는 의지를 표현하면서도 멋과 여유를 잃지 않고 있다는 데서 더욱 더 빛을 발한다. 그의 인생과 문학의 精髓는 그의 詩篇뿐만 아니라 朋友와 큰아들 등에게 보낸 몇 편의 書簡文과 더없이 향기롭고 품격 높은 빼어난 여러 편의 수필에서도 여실히 드러나고 있다.

그의 온화하면서도 날카로운 知性과 自然과 生命을 존중하는 정신의 視線이 향하는 지점과 시점, 즉 공간과 시간은, '모든 사라져가는 것'들에 대한 애틋한 情이라고 할 수 있을 것이다. 작게는 일상 속에서 만나는 길가의 돌멩이나 풀꽃에서부터 또는 사랑하는 가족과 친구들과의 만남과 헤어짐에서부터, 크게는 소중한 故鄕과 아름다운 國土 및 山河의 變貌와 세월과 年輪의 變化 또는 시대상과 인간사의 變轉을 넘어 저 大宇宙 속 밤하늘 별빛들의 明滅에 이르기까지, 사라져가는 것들에 대한 그의 詩情은 그의 문학 세계에서 있어서 영원한 주제이자 그의 구도적인 삶의 軌跡이기도 한 것이다.

그의 詩情이 살아 숨쉬는 '사라져 가는 것'에서는 탐욕과 허세와 거짓이 발붙여 살아갈 수 없는 시간과 공간이다. 수단과 목적의 가치가 전도된 結果萬能主義가 기생할 수 없으며, 결코 完璧이나 完成을 요구하지 않는다.

그의 문학과 인생의 길은, 每 순간과 과정 속의 성실과 노력이 아름다움과 목표와 理想을 지향하는 그러나 끝내 닿지 못할 未完의 길이었다. 그러나 영원히 포기할 수 없는 그 길을 걸어간 그의 삶은, '그리움'과 함께 '사라지는 것'에 대한 情이 어우러져 '未

完成의 餘韻'으로, 멋있고 향기롭게 後孫들과 後學들에게 되살아
나게 될 것이다.

　　내 사랑 꽃망울인 채
　　시들고 말듯이
　　쯤道여 晩鐘과 더불어
　　여기 未完成이노라.

　　귓전에 따가운 비웃음에
　　六腑가 뒤틀렸지만
　　필경 未完成이야
　　浪漫과 純粹의 菩提
　　영원한 生命의 餘韻이어라.

　　삶이란 나에게는
　　거울 나그네의 고달픈 고갯길일망정
　　꿈은 심지에서 명멸하는 불마냥 아련히 빛나서
　　해 저문 모래밭에 물새 발자국 찾아 헤맨다네.
　　운명의 심술은 짓궂기 마련인가
　　보살피고 감싸 안아도 지워지고 말아버릴
　　약속의 갯가에서
　　나는 자꾸

未完成의 餘韻을 더듬는다
어루만져도 본다.

— 「未完成의 餘韻」 전문